空灵赋

KONG LING FU

王长根 著

敦煌文艺出版社

图书在版编目（CIP）数据

空灵赋 / 王长根著. -- 兰州：敦煌文艺出版社，2020.8（2022.1重印）
ISBN 978-7-5468-1947-1

Ⅰ. ①空… Ⅱ. ①王… Ⅲ. ①诗集－中国－当代 Ⅳ. ①I227

中国版本图书馆CIP数据核字(2020)第156797号

空灵赋

王长根 著

责任编辑：尚再宗
装帧设计：马吉庆

敦煌文艺出版社出版、发行
本社地址：(730030)兰州市读者大道568号
本社邮箱：dunhuangwenyi1958@163.com
0931-8159371（编辑部）　0931-8773112　8120135（发行部）

天津海德伟业印务有限公司印刷
开本　710毫米×1000毫米　1/32　印张10.75　字数190千
2021年1月第1版　　2022年1月第2次印刷
印数：1 001~3 000

ISBN 978-7-5468-1947-1
定价：36.00元

如发现印装质量问题，影响阅读，请与出版社联系调换。

本书所有内容经作者同意授权，并许可使用。
未经同意，不得以任何形式复制转载。

目 录

古 体 诗

第一章 建设者

水调歌头·征程 …………005	铁军云集（中华新韵）………009
建局礼赞（中华新韵）……005	月下思乡（平水韵）………010
满江红·铁龙吟 …………006	惜分飞·筑路人 …………010
建设情怀（平水韵）………006	穿山者（平水韵）…………010
八声甘州·雨正酥 ………007	念奴娇·巨龙飞驰 ………011
工程人（中华新韵）………007	鹧鸪天·苍龙吟 …………011
骄龙吟（中华新韵）………008	破阵子·麦积山下 ………012
工地思乡（平水韵）………008	破阵子·涡河桥 …………012
贺乔迁（平水韵）…………009	

第二章 倡廉词

水调歌头·纪检风云 ……015	声声慢·干干净净 ………017
观《人民的名义》有感（一）	如梦令·末路 ……………017
（平水韵）…………………015	警言（平水韵）……………018
观《人民的名义》有感（二）	莲心（平水韵）……………018
（中华新韵）………………015	自警（平水韵）……………019
常字歌 ……………………016	

001

第三章　时令调

关河令·龙抬头 ··············023
二月景（中华新韵）··········023
春意（平水韵）··············023
春至（平水韵）··············024
三月（平水韵）··············024
寻春（中华新韵）············025
减字木兰花·三月春河 ········025
宴清都·春讯 ················025
春游（中华新韵）············026
卜算子·思春 ················026
临江仙·赏春景 ··············026
唐多令·微雨乳燕飞 ··········027
春雪（中华新韵）············027
鹧鸪天·春河景 ··············027
清平乐·春河行 ··············028
鹧鸪天·惜春 ················028
声声慢·燕燕莺莺 ············028
鹧鸪天·踏春 ················029
倒春寒（平水韵）············029
小满（平水韵）··············030
踏莎行·小径英铺 ············030
醉落魄·农院清疏 ············030
春分（平水韵）··············031
春犁（平水韵）··············031

渔家傲·小村谷雨 ············031
惊蛰（中华新韵）············032
清明雪（中华新韵）··········032
落雨（平水韵）··············032
雨水（平水韵）··············033
雨后奏鸣曲（中华新韵）······033
虞美人·夏梦 ················033
乡村梨韵（中华新韵）········034
点绛唇·棕叶裹魂 ············034
浣溪沙·丽日高擎 ············034
雨思（平水韵）··············035
清平乐·绵绵丝雨 ············035
宴山亭·信步禾田 ············035
夏日晚景（平水韵）··········036
南柯子·伏夏 ················036
长夏（平水韵）··············036
立秋（平水韵）··············037
秋林（平水韵）··············037
秋水（平水韵）··············037
木兰花慢·长夏悻悻去 ········038
秋叹（平水韵）··············038
望秋水（平水韵）············039
广寒秋·纤毫扑面 ············039
秋收（平水韵）··············039

秋夜（平水韵）……………040	一剪梅·贺新年……………046
苏幕遮·早寒秋……………040	摊破浣溪沙·三九…………046
秋案（平水韵）……………041	踏雪行（平水韵）…………046
秋景（平水韵）……………041	长相思·风一轮雪一轮……047
重阳忆乡（平水韵）………041	飞雪吟（平水韵）…………047
水龙吟·问秋何必匆匆……042	天仙子·雪落黄河…………048
立冬（平水韵）……………043	百字令·雪………………048
小雪日（平水韵）…………043	冬河行（平水韵）…………049
卜算子·雪………………043	戊戌贺岁（中华新韵）……049
冬至（中华新韵）…………044	己亥致禧（中华新韵）……050
冬趣（中华新韵）…………044	新年献辞（平水韵）………051
蝶恋花·飞雪思……………044	八归·冬松韵雪……………052
期雪不见（平水韵）………045	年夜（平水韵）……………052
初雪（平水韵）……………045	浣溪沙·元宵寄情…………052
腊八（平水韵）……………045	

第四章　恩情录

青玉案·江河泪……………055	春晖辞（中华新韵）………058
翠楼吟·春天故事…………055	梦父（平水韵）……………059
敬祖（中华新韵）…………056	母爱（中华新韵）…………059
念起（平水韵）……………056	行香子·陌路寒村…………060
望断红岭（平水韵）………056	盼（中华新韵）……………060
思父（平水韵）……………057	如梦令·盼儿归……………060
寒衣祭（平水韵）…………057	萱儿（中华新韵）…………061
差祭（平水韵）……………058	女儿赋（平水韵）…………061
七律·奠（平水韵）………058	汉宫春·红颜………………062

三八感怀（平水韵）……………063
归乡（平水韵）……………………063
求学赋（中华新韵）………………063
南乡子·校园游……………………064
减肥谣（中华新韵）………………064
朵颐（中华新韵）…………………065
打工者（平水韵）…………………065
鹧鸪天·祝寿词……………………065
感客友故乡慈亲相送（平水韵）
　　……………………………………066
忆友人（中华新韵）………………066
小别相聚（平水韵）………………066

渔家傲·同学情……………………067
故友聚（平水韵）…………………067
赠友别离（平水韵）………………067
定西番·梦…………………………068
望乡（平水韵）……………………068
别后（平水韵）……………………068
母校闻书声（平水韵）……………069
归故园有感（平水韵）……………069
致恩师（中华新韵）………………069
鹧鸪天·母校行……………………070
游子（平水韵）……………………070
念黄花（平水韵）…………………070

第五章　行旅吟

沁园春·兰州………………………073
西江月·重庆………………………073
鹧鸪天·古都行（平水韵）………074
飞入渝（中华新韵）………………074
鹧鸪天·咸阳………………………074
青玉案·怀古………………………075
长安雨（中华新韵）………………075
淮南行（中华新韵）………………075
芜湖行（中华新韵）………………076
普尔月色（中华新韵）……………076
一剪梅·劳燕奔波云路迢…………077
访雷神山（平水韵）………………077

曲水流觞（平水韵）………………077
如梦令·曲江池行…………………078
贺新郎·又临湖……………………078
如梦令·晨走南湖…………………079
观雁塔（中华新韵）………………079
乌夜啼·夜河行（词林正韵）……079
如梦令·一路红灯高挂……………080
浣溪沙·金城山水（中华新韵）
　　……………………………………080
鹧鸪天·滨河行……………………080
游刘家峡老君峰有感（中华新韵）
　　……………………………………081

|004|

观刘家峡水道有感（中华新韵）……081
摸鱼儿·祁连夏日……081
雨霁安宁（中华新韵）……082
苏幕遮·大雁塔……082
观落日（中华新韵）……083
青海湖（中华新韵）……083
山东行（中华新韵）……083
西江月·谯城雨……084
天梯（中华新韵）……084
如梦令·健步行（中华新韵）……084
马蹄寺（平水韵）……085
麦积山（平水韵）……085
山村（中华新韵）……085
金城夜色（中华新韵）……086
济南冬意（中华新韵）……086
山城会（中华新韵）……086
祁连冬景（平水韵）……087
陇东行（平水韵）……087
高阳台·夏漫凤城……088
灵武行（平水韵）……088
盛会北京（中华新韵）……088
车过杨陵（平水韵）……089
京都有感（中华新韵）……089

第六章　感怀赋

鹧鸪天·四十不惑……093
八声甘州·感伤……093
定风波·红尘过客……093
一丛花·别……094
华林山路（平水韵）……094
鹧鸪天·好景易衰……094
门迎清波（平水韵）……095
惜时篇（平水韵）……095
动车有感（中华新韵）……095
工作有感（中华新韵）……096
鹧鸪天·观八一建军军演有感……096
书论（中华新韵）……097
天香·不沐风霜……097
瑞鹤仙·十年寒暑行……098
破阵子·上层楼……098
冷雨敲窗（中华新韵）……099
夜听雨（中华新韵）……099
渡江云·长河远眺……099
忆秦娥·钟声误……100
瑞鹤仙·柳丝牵绪乱……100
静思（中华新韵）……101
点绛唇·雾锁层楼……101
野径（平水韵）……101
喝火令·雁去花迷落……102

满庭芳·满园秋实 ················ 102
后庭花·秋风不识旧人面 ········ 103
满江红·云淡天高 ················ 103
五载（平水韵）···················· 104
烟锁长河（中华新韵）············ 104
逐梦（平水韵）···················· 104
山坡羊·曼妙青春 ················ 105
卜算子·相见欢 ···················· 105
唐多令·叹东坡 ···················· 105

情缘劫（平水韵）················ 106
鹊桥仙·月光渺渺 ················ 106
摸鱼儿·未经承几番风雪 ······ 106
诗酒芳华（中华新韵）·········· 107
相思（平水韵）···················· 107
甘草子·祥瑞 ······················ 107
前路（平水韵）···················· 108
盼（平水韵）······················ 108

第七章　景物叹

兰（平水韵）······················ 111
竹（中华新韵）···················· 111
如梦令·浮萍 ······················ 111
鹧鸪天·疏月 ······················ 112
月（中华新韵）···················· 112
蔷薇插花（平水韵）·············· 113
如梦令·叶 ·························· 113
叹叶落（平水韵）················ 113
秋叶（平水韵）···················· 114
菜花（一）（平水韵）············ 114
菜花（二）（平水韵）············ 114
咏梅（平水韵）···················· 115
疏影·梅 ····························· 115
卜算子·咏月 ······················ 115
荷（平水韵）······················ 116

恢阳（平水韵）···················· 116
牡丹赋（平水韵）················ 116
柳（平水韵）······················ 117
汉宫春·柳 ·························· 117
摸鱼儿·青稞 ······················ 117
红月青梅（中华新韵）·········· 118
筛月（平水韵）···················· 118
白杨赞（平水韵）················ 119
蒲公英（平水韵）················ 119
茶（中华新韵）···················· 119
春桃花（中华新韵）·············· 120
窗月（中华新韵）················ 120
如梦令·夏日荷塘 ················ 120
湖中即景（平水韵）·············· 121
念奴娇·冬日游园 ················ 121

两季仙（平水韵）…………121	桂枝香·绿茵赋…………125
三泡台（平水韵）…………122	点绛唇·流水横沧…………125
落叶（平水韵）…………122	点绛唇·暖日频催…………125
别样玫瑰（平水韵）…………122	小重山·祁连深处…………126
景致（平水韵）…………123	喜迁莺·风雷惊觉…………126
香劫（平水韵）…………123	菩萨蛮·冷雨入城…………127
临江仙·雨后园…………123	夜雨洗城（平水韵）…………127
小院景（平水韵）…………124	农夫（平水韵）…………127
对长河（中华新韵）…………124	秋河（平水韵）…………128
金城四月（平水韵）…………124	东流水（平水韵）…………128

第八章 深思言

自智（平水韵）…………131	颦儿（平水韵）…………138
十离（平水韵）…………131	鸳鸯（平水韵）…………138
生态（平水韵）…………134	袭人（平水韵）…………138
韵（中华新韵）…………134	俏平儿（平水韵）…………139
境（平水韵）…………134	九张机…………139
幻（平水韵）…………135	年轮（平水韵）…………140
雅趣（平水韵）…………135	人情（平水韵）…………140
和雅趣（平水韵）…………135	怅（平水韵）…………141
雅意（平水韵）…………136	夜读（平水韵）…………141
金钏儿（平水韵）…………136	大学（平水韵）…………141
尤三姐（平水韵）…………136	心境（平水韵）…………142
晴雯（平水韵）…………137	年华叹（平水韵）…………142
香菱（平水韵）…………137	思去岁（平水韵）…………142
紫娟（平水韵）…………137	八具（平水韵）…………143

律（平水韵） ……………… 143
忆流年（平水韵） ……… 143
棋奕（平水韵） …………… 144
结石（平水韵） …………… 144
无题（平水韵） …………… 144
逝（中华新韵） …………… 145
醉相逢（平水韵） ………… 145

南乡子·夜归人 …………… 145
圈里生活（平水韵） ……… 146
也作送瘟神（平水韵） …… 146
如梦令·居家时光 ………… 147
居家斗疫（平水韵） ……… 147
沁园春·战瘟神 …………… 147

现 代 诗

第一章　工程赞歌

攀登 ………………………… 153
跨越 ………………………… 155
洞口 ………………………… 156
古铜色 ……………………… 158

我又要走了 ………………… 160
我的同事 …………………… 161
脚手架 ……………………… 163
新时代的旋律 ……………… 169

第二章　心路历程

我从山里来 ………………… 179
驮筐 ………………………… 180
成长 ………………………… 181
在西北出生 ………………… 182
图形人生 …………………… 182

乡人 ………………………… 184
想回到过去 ………………… 185
羞愧之心 …………………… 187
灵与痛 ……………………… 189

第三章　情感浅唱

祖 …………………………… 193

念 …………………………… 194

纪念日 ……………………196	冬天 ……………………205
父亲 ……………………197	爱，越来越小心翼翼 …………207
红湾梁 …………………199	孝 ………………………208
底蕴 ……………………200	宝贝，我想给你一个春天 ……209
给我一个机会 …………201	孩子，我要走了 ………211
年夜平安 ………………203	致雨萱 …………………213
放风筝 …………………204	老师 ……………………215
骨头 ……………………205	菩萨（致一位母亲）……216

第四章　季节感怀

春天即将到来 …………221	荷 ………………………234
春天 ……………………223	洪水暴雨及其他 ………235
永远有多远 ……………223	六月，编织的季节 ……237
春河醉 …………………226	麦 ………………………239
三月祝愿 ………………227	秋的记忆 ………………240
谷雨 ……………………228	叶落 ……………………241
油菜花 …………………230	九月 ……………………243
山楂树 …………………232	关于南方的记忆 ………244
雨 ………………………233	忍住！像花蕾忍住开放 …………250

第五章　心灵悸动

对饮 ……………………253	露 ………………………260
初始的圆满 ……………254	青海湖 …………………261
农场 ……………………256	海 ………………………263
叶 ………………………257	想象 ……………………265
月 ………………………258	恋 ………………………267

009

生命有另一种姿态 ⋯⋯268	感悟 ⋯⋯299
念 ⋯⋯269	塔吊 ⋯⋯300
一个人的阳坝 ⋯⋯270	判决词 ⋯⋯301
青稞酒 ⋯⋯271	上山洗心 ⋯⋯302
殇 ⋯⋯271	每天都是这样 ⋯⋯303
待 ⋯⋯272	文字 ⋯⋯304
无题 ⋯⋯274	临河而坐 ⋯⋯305
一阵风 ⋯⋯275	醉 ⋯⋯307
极致 ⋯⋯276	物化 ⋯⋯308
对清风的怀念 ⋯⋯276	不容易 ⋯⋯309
猫的猜想 ⋯⋯278	真相 ⋯⋯310
这深的夜 ⋯⋯279	归宿 ⋯⋯311
子夜时分 ⋯⋯281	打碎 ⋯⋯312
这个寂静的夜,往事就在窗口轻唤着我的名字 ⋯⋯282	喝二两 ⋯⋯313
	侧柏香 ⋯⋯314
不完满 ⋯⋯284	静 ⋯⋯315
良心 ⋯⋯287	我偏爱不可掌控的万物 ⋯⋯317
棋语 ⋯⋯289	被拥簇着 ⋯⋯318
新生代 ⋯⋯290	根 ⋯⋯319
守望麦田 ⋯⋯292	扫洒人 ⋯⋯321
臆 ⋯⋯293	或遵医嘱 ⋯⋯323
切割 ⋯⋯294	这个日子 ⋯⋯325
石头记 ⋯⋯295	接龙 ⋯⋯327
鹅卵石 ⋯⋯296	罩不住 ⋯⋯329
五行赋 ⋯⋯297	

空灵赋
KONGLING FU

古体诗

空灵赋
KONGLING FU

第一章

建设者

第一章 建设者

水调歌头·征程

手指穿山过,一纸绘宏图。陈兵千里,雄关漫道看征程。怀抱清风明月,脚踏昆仑山阙,岁月几峥嵘。共迎龙飞舞,翘首盼亲情。

浮云过,荒山远,劲歌征。高楼万丈,径看龙行若轻羚。戈挑天南海北,笔挑乾坤经纬,胸臆释飘零。荣载千秋册,豪气引江横。

建局礼赞(中华新韵)

两会送新论,嘉功纳泰辰。十三年砥砺,基业长青春。
开拓有谋士,奇功伴信臣。高擎旗纛引,万众紧随跟。
治乱英雄策,禅心铸智仁。转型求发展,创举破前尘。
陇上谱春曲,金城出玉麟。甘为铺路轨,刚劲不失魂。
四特立华夏,八方万誉文。高楼弹指就,涧险扫无痕。
长隧穿山过,大桥一笑拼。北疆铺路客,南粤荡妖瘟。
才观昆仑顶,又听勃海吟。兴贤安后辈,保障惠工民。

薪荷逐年进，荣光自负身。品牌弥久耀，业绩变真金。
天下识宾友，经营秉赤心。放怀沧海外，帆满九国奔。

满江红·铁龙吟

豪气云天，经此道，铁龙飞翼。大江掠，高山飞越，时光如刻。三百里温茶未冷，笑谈间渡游千泽。仗剑戈，筑路又铺桥，威名赫。

丽江舞，千山隙，昆仑卧，盘龙扼。唱征歌，四海皆有追忆。无数青春填畎壑，匠心独具终成魄。从此后，任岁月成河，千秋立。

建设情怀（平水韵）

十年光景随华罄，百岁邦基逾长荣。
千岳开陉征陌路，两肩担当逆流行。
晓看海口滔相竞，夜览昆仑雪满盈。
青面小生花发鬓，奔波万里建功名。

第一章　建设者

八声甘州·雨正酥

雨正酥,铁马踏空来,无言重楼暝。问西行漠北,沙尘漫道几度斜晖?巍峨铺呈华锦,溪涧立梯桤。谁似禹疏水,三过无回。

记取江南烟雨,正青春年少,丹寸伦魁。唤巨龙轻舞,何日通熹?岁月峥,丰碑无数,万里行,壮志铸奇瑰。看来路,不应回看,径向高帷。

工程人（中华新韵）

山川多季候,异域肆凉温。
四海征尘起,边塞咫尺奔。
桥随思意转,路伴目光伸。
浪迹萍踪苦,家国恩几分。

骄龙吟（中华新韵）

曾记长安好，功名路渺迢，

西行无故友，驿路满荒蒿。

今有骄龙跃，皇都咫尺遥。

朝辞彩虹去，午觅汉秦肴。

西岳观朝日，金城看浪滔。

酒温茶热际，余语未音消。

一路烟波色，稠衣可染劳。

新风丝路过，敢上九天翱。

工地思乡（平水韵）

道口思乡乡更远，桥头守月月寒蟾。

酸辛休对他人语，工地儿郎苦作甜。

第一章 建设者

贺乔迁（平水韵）

落座新城容貌娇，贺词窦锦赋胸谣。
西风惬意呈标巨，部帙还书新业翘。
材喻栋梁重担挑，应倾寰宇市场辽。
公孙胜算先锋驱，司马陈兵匠意雕。

铁军云集（中华新韵）

铁军云聚兴隆秋，聚力凝心斥劲遒。
看岭听风思未尽，山间林密享清幽。
朝观薄雾笼松寂，晚觅炊烟碧野收。
百众一家生日宴，长歌两阕爱心悠。
挥毫泼墨书生后，曳地舞姿化钢柔。
写意诗情劳作手，合拍吟诵雅识周。
争先奋勇莫迟待，自我加压破笼囚。
只作冲天虎狼吼，沉思俯首计添筹。
襟怀磊落雨烟路，生世浮萍为众谋。

力透山河描伟业，心仪四海笑环游。
弓刀逐梦穹苍睡，铺路天梯到月球。

月下思乡（平水韵）

秋凝霜重夜风欺，筑路难停向八陲。
明月桥头催浪子，拂开泪眼望乡思。

惜分飞·筑路人

山化笛，期长随听，挥铁剑踏歌迎。
渊作斝，惊涛奉茗，沧海信步神定。

穿山者（平水韵）

谷扯云裳雨也晴，隧吞浓雾显狰狞。
欣然步履穿山过，长笑三声风乍平。

第一章 建设者

念奴娇·巨龙飞驰

巨龙飞掣,竞速行,傲视世界驰誉。漫道雄关,通涧壑,仙鹤悠哉飞渡。猎猎旌旗,腾腾仗钺,道不平身铺。逢山开路,笑驱林谷障雾。

曾记铁建儿郎,枪炮换铁锄,肩扛徒步。沐雨栉风,前后仆,天堑终归降附。今欲神游,日行万里遥,撰修词赋。勋垂青史,军魂经久留驻。

鹧鸪天·苍龙吟

苍龙骄吟戈壁寥。朔风横扫乱鸿飘。
西行又历征途履,远望祁连心涌潮。
浮日靡,雾云缭。群山巍峨路迢迢。
曾经荒漠尘封地,此去长安杯酒遥。

| 011 |

破阵子·麦积山下

　　塔吊巍巍林立,旌旗猎猎随风。头顶仙崖论六道,麦积山前建桂宫。景祥盛石峰。

　　铁骨钢筋铸魄,辛勤奋斗怀胸。沙渚点兵英气爽,四海征歌共建功。志高剑刃锋。

破阵子·涡河桥

　　飞架一桥南北,谯城三度春秋。虹彩卧波通鹊汉,劲秀钢梁京九浮。丰碑后世留。

　　韩宋舟行摆渡,曹公兵运难求。浩浩洪流朝夕渡,匠斧神工方得修。史书亦载悠。

空灵赋
KONGLING FU

第二章

倡廉词

第二章 倡廉词

水调歌头·纪检风云

雷厉涛声紧。警诫志休移。亳州千里相聚,廉议促深思。治党从严不止,反腐层层震慑,归顺万心随。朗月赋胸臆,青荷伴身怡。

讲规矩,挺纪律,视查推。不应畏惧,黑面执法腐庸糜。私欲贪婪入狱,抵抗冥顽寻毙,近水脚无泥。干净话担当,不枉纪纲师。

观《人民的名义》有感(一)(平水韵)

一去二来为利联,朝三暮四薄情渊。

五湖四海皆朋党,七倒八颠只认钱。

十浊九清生变化,千姿百态媚词怜。

一朝雷动万钧落,零落人生半世悬。

观《人民的名义》有感(二)(中华新韵)

钱权交易府城殂,雷动风云汉水迷。

一笑红颜倾雅士,遮天只手护犊急。

孤鸿惜羽无知己,蛇鼠贪婪入笼篱。
三矢扶摇一弹死,门生八百各东西。
三折智斗各存意,两姊孪生桃代梨。
旁道设伏周瑜计,比天犹胜半枰棋。
世缘难料风波起,宦海浮沉神乱离。
从此寒门无贵子,长空饮恨叹星稀。
凛然浩气向天际,纪检监察逢强敌。
俯首为民终不易,环周焉有靠山石。
自昭本性存忠义,正气一腔化溃堤。
自当躬身勤政务,海蚀潮虐半蓑衣。

常字歌

警钟常鸣咒紧箍,袖子长拽衣衫舒。
耳朵常咬不迷糊,衣冠常正自清肃。
棒子常举有敬惧,戒尺常挥责必咎。
镜子常照心不污,太阳常晒魂有渡。
红脸常态救病扶,出汗常湿功利除。
刹车常踩知规矩,篱笼常扎长城筑。

第二章 倡廉词

螺丝常紧锈不腐,杂草常锄地生黍。

灰尘常扫镜台乌,日日常省气自殊。

声声慢·干干净净

干干净净,正正堂堂,清清白白青箐。名隽贤臣良士,皆为廉敬。藏书经编列传,字字珠、莫不嗟咏。心神定,道义凭,廉吏代代似镜。

酒肉朱门腐败,声色犬、都是己奢民轻。焦苦黎农,野草填襟孱病。青山洪流可鉴,看明月、人应思儆。贪念过,始于毫、利亡囚命。

如梦令·末路

曾是俊才清誉,今昔阶囚悔悟。

一次手伸来,信念化为灰雾。

末路,末路,遗臭经年留簿。

警言（平水韵）

当官为骥自安宁，台阁生风大义铭。
勉诫修持需警醒，惊风巨浪胜闲庭。
势高易险遵章行，欲海桃林莫染腥。
贪念丝丝如毒瘾，积脓疮疖陷牢囹。

莲心（平水韵）

莫道红尘短，贪婪无际边。
恋留杯炙物，还伺紫金佃。
左拥右缠抱，前恭后倨还。
一朝零落后，风月化云烟。
执物享奢侈，世人看不穿。
心神当厚重，精审苦熬煎。
欣喜平常在，高酣坦荡眠。
远游身必静，大道行之贤。
明月清风伴，凡心一朵莲。

第二章 倡廉词

自警（平水韵）

风定花犹落，云彤雪未来。一缘嗔众事，切莫妄疑裁。

空灵赋
KONGLING FU

第三章

时令调

第三章 时令调

关河令·龙抬头

春生时节龙抬首。夜色高楼守,角亢氐明,宿星现身秀。
更深人寂静候。仰天思,古人何究?幻灭缘生,空门遥相近。

二月景(中华新韵)

笑映冷冰融,犹春半衍冬。
金城三月景,黄叶斗梅红。

春意(平水韵)

东风化雨田园碧,山育桃花水孕春。
最是人心先起皱,当窗对雪点红唇。

春至（平水韵）

春至轻寒在，梅香雪戴头。
奈何风向软，万物复萌羞。
河水眉微皱，短枝残叶愁。
蛰虫惊梦罢，鱼动负冰游。
最急河堤柳，摇身硬变柔。
东风未期许，芳洁已被偷。
再看鸭凫浅，更知冬命休。
莫求时令到，及早话筹谋。

三月（平水韵）

风孕李桃槐，烟花三月怀。
柳枝心思动，扬发待瑶钗。

第三章 时令调

寻春（中华新韵）

燕子衔春讯,惊雷引碧涛。先妆河岸柳,再弄鬓间桃。游兴风勾起,隔窗香味撩,出门寻不见,回院杏花妖。

减字木兰花·三月春河

春河三月,娇弱轻悠柔眼睫。
两岸林稀,隐冷含霜待闷雷。
山峰青矍,久病初愈还寂索。
静待东风,争艳花开妆艳容。

宴清都·春讯

春讯桃先约。亲梨白,几日侵占村廓。金城步缓,携风随沙,始柔还谑。残枝坐待新芽,叹时隙,荣枯对酌。料西南,蜂掠花黄,倩妆罗粉银镯。

今时雁远音稀,琴咽瑟塞,无计相度。流光失彩,连阡累陌,院庭楼阁,再无红袖飞萼,算时日,凭高念昨。却那堪,滚滚春流,一腔混浊。

春游（中华新韵）

推窗才见百花催，逡觅河间紫燕飞。
暖霭熏得游兴起，轻车快马入春闺。

卜算子·思春

料峭晚春寒，最念花阴醉。村落何时换翠衣，蚁虫醒，燕身媚。
原野理戎装，流水怀心事。吆叱青牛套轭犁，夏雨农桑至。

临江仙·赏春景

骄莺婉啭穿柳荫，平湖春水清幽，轻烟日逐拟轻绸。
草青虫欲诉，花雨蝶双修。
鱼儿枉顾钩上蚓，跳龙门跃身求，羞臊钓客坐如猴。
春醒人易叹，惟少赋词羞。

第三章 时令调

唐多令·微雨乳燕飞

微雨乳燕飞。春堤扬柳眉。看春分,又辟北南陂。桃蕾俏枝梨待白。几时日,又累累。

河水复东归,清眸妆略施。又为谁,悯悴身赢。羞问鸭哥能作伴?却环顾,小鱼肥。

春雪（中华新韵）

春雪扑枝化泪痕,一曲舞罢断芽魂。
此间忧怨风吹雪,西北农桑地未皴。
玉面带寒时令错,东君挥笔墨难匀。
世间若有双全法,不负春光不负村。

鹧鸪天·春河景

春风一缕两岸裁,桃花十里竞相开。
寺扬钟鼓惊飞絮,水卷春光尽入怀。

烟波去,独鸥来,艳阳濯净北山台。

绿波淡淡东流去,惟遗长桥俯首猜。

清平乐·春河行

柳织青幕,待等风来约。满地香魂桃花魄,沉醉浪花无数。

对鸭嬉水追鱼,飞鸢线系童孺。只影姗姗漫步,不忍踏碎英铺。

鹧鸪天·惜春

一夜疏雨惹轻愁,清晨惦念觅踪由。

千红万紫还犹在,渐瘦花枝满地秋。

无常在,妄痴留,芳华灼灼一朝休。

风流过客红尘误,逝去青春无处求。

声声慢·燕燕莺莺

高高兴兴,燕燕莺莺,卿卿我我晴町。柳密花红繁杏,最撩春咏。春风一篙十里,只教人,相思流迸。黄花艳,久端详,可是旧

第三章 时令调

日髻影?

　　戏水鸳鸯双颈,蜜蜜语,情恋碧波千顷。蛱蝶交飞,梁祝化身欢幸。黄昏小桥月影,不堪睹,踽踽独径。此情景,遣万阕词亦难馨!

鹧鸪天·踏春

四月芳菲踏春晖,闲情适意向东篱。
风清阳艳千枝挂,落雨梨花一局棋。
阡无径,木穿蹊,高山流水酒无羁。
景深自引飞莺渡,情切正需老友陪。

倒春寒（平水韵）

暖风频吹逐花开,逆袭寒流落魄来。
南北相煎温复冷,含羞春意待君猜。

小满（平水韵）

垄头小雨洗浮尘，麦穗沉沉羞避人。
偷得春风三月度，孕来秋实出怀身。

踏莎行·小径英铺

小径英铺，长堤绿遍。两山树色参差现。春风乱度柳思情，濛萌乱扑游人面。

隔叶藏莺，浊流引燕，无穷缱绻生河畔。远来钟唤意归回，斜阳醉进流霞院。

醉落魂·农院清疏

农院清僻，敲棋把酒观梨白。苍山暮色烟波画，浮动馨香，不觉何处汩。

月摇风露车灯寂，觉醒已见阑珊霓。此生终归田园适，身处华都，却是乡下客。

第三章 时令调

春分（平水韵）

风吹寒暑平，昼夜已分停。
桃粉杏梨白，燕玄树叶青。
黄花招蝶乱，犁铿引雷冥。
春色困田野，秋收归复零。

春犁（平水韵）

清明明九川，谷雨雨生嫣。
一吒春容起，耕牛绕舍蹎。
挥鞭泥土鲜，犁垅五儿颠。
若问神仙客，悠哉歇晌烟。

渔家傲·小村谷雨

小村谷雨风景异，山花欲放草青翠。
田间地洼犁恣意。浪涌起，四野缓缓更新衣。

叱喝一声春唤起，含娇云雀吟诗醉。

播种田畴千万计。盼秋季，刀镰笑对黄金穗。

惊蛰（中华新韵）

地气犁开韵律生，雷含天意物作萌。

轻寒料峭薄情过，亲罢梨白孕杏青。

清明雪（中华新韵）

沙狂风怒晚来急，孝祖白绫夜半披。

应是民间一语诽，寒食湿路更凄迷。

落雨（平水韵）

云实期绵雨，烟消半夏愁。

双花酬酒引，一梦桂枝秋。

第三章 时令调

雨水（平水韵）

清风和雨水，佳节仰屠苏。
节替轻寒退，盈门绿毯铺。
柳梳河俊秀，山碧景纷涂。
村北仍堆雪，城南蛙已呼。
春归逢雨助，念思借杯扶。
惹得春心动，燕莺也被俘。

雨后奏鸣曲（中华新韵）

雨讫风息向晚晴，睡莲初浴卧青萍。
柳莺才欲吟花影，招聚蛙声遍地鸣。

虞美人·夏梦

小园物盛芸芸闹，红栗争桃俏。山楂簇簇俏枝头。阔叶核桃，遮扇怯还羞。

雍容月季浓装召，锋棘珍花笑，草屏呼息待残红。谁解秋思，草草夏随风。

乡村梨韵（中华新韵）

乡间梨白铺满窗，院中比外野心狂。
沾得雨露均匀度，花念东风径跳墙。

点绛唇·棕叶裹魂

棕叶凝魂，包罗万象为谁誉。长河深处，一纵文人愫。
不仅长叹，国难凭身赴。君子去，离歌无数，唱断天涯路。

浣溪沙·丽日高擎

丽日高擎作镜羞，浓烟密柳扑晴柔。夏蝉藏叶浪声求。
杯酒填词修省静，听风落子等霞柔。人生惬意独清幽。

第三章　时令调

雨思（平水韵）

乌云乱头绪，纤雨惹清愁。
秋尽绵绵落，迷回蜀地楼。
山峰倚黧色，江静眼波流。
忆记黄河渡，心寒又几筹。

清平乐·绵绵丝雨

绵绵丝雨，点点敲窗数。层积霜漫初秋树，一径萧疏芳坞。
今夕云冷风祛，南雁魂断哀孤。不见月弦引路，焉能寻到归途。

宴山亭·信步禾田

信步禾田，沸日紫烟，麦浪欢山清远。灵雀韵高，蚱蜢低徊，斗笠一篷浮现。荡漾轻舟，起伏间，爱怜心颤。还叹。念一箪一食，暮牵朝绊。

言传身教正心。念心血熬干，学供无断。茹苦含辛，芳华皆付，盼子孝。期孙健，日暮孤行，痴愣愣，山巅望断。声唤。人未见，盈腮泪漫。

夏日晚景（平水韵）

绿意盈空雁对修，满心荷碧双蛙求。
夏来落日依山久，交颈云团不作羞。

南柯子·伏夏

焰山胜伏夏，蕉扇何借援。纤云不动哑鸣蝉，尤觉绿荫别院笼炉烟。

对日怀风劲，炎炎念雪寒。张狂空叹复薦薦，却见向阳葵笑面莞莞。

长夏（平水韵）

山撑南北苦荫稀，河经西东恐浪疲。
树分阳阴团定挺，蝉歌高下不眠萎。

云无远近悠闲睥，鱼跃高低尤恨鳍。

左右扇挥风不起，朱明干燥雨何期。

立秋（平水韵）

枝乱蝉鸣切，星稀月近圆。

立秋晴日雨，凉燥往来平。

淮北曾留影，山东七八天。

登高先逾槛，差旅正修贤。

秋林（平水韵）

石冷苔藓印迹鲜，枝新子簇演华年。

卧听秋叶吟风曲，灵视虚空枕禅眠。

秋水（平水韵）

天挂蓝绸地翠衣，一身秀色引云低。

穿林涧水魂不驻，一路欢歌出秀闺。

木兰花慢·长夏悻悻去

长夏悻悻去,看秋籁,怯流年。叹时过无痕,浮光掠影,一季轻翻。浓云风吹飘散,不成形,只顾向西还。身处丈千楼阁,数论家国周天。

征还,归扫俗尘弹,仍有逆波澜。想携儿游历,三山五岳,恨却无闲。置身会山文海,凿文敲字却也欣然。目送长阳西漫,匆匆又逝秋天。

秋叹(平水韵)

秋霁望年景,菊黄霜露凝。

谁言秋气瑟,疏叶剪枝藤。

麦经暑温育,花容半枕冰。

最真秋兴季,叹念岁丰登。

第三章 时令调

望秋水（平水韵）

纤雨蒙蒙扑面轻,秋河浊浊卷风尘。
西风不识金香玉,化作霜刀刻岁轮。
远匿兰山烟如织,长桥近泊待秋釐。
心魂游弋无桩系,追浪逐流问水神。

广寒秋·纤毫扑面

纤毫扑面,秋波声咽,两岸迷蒙风涩。长桥盼识乱心人,柳落寞,失魂落魄。

红尘不舍,世情刀割,十里桃花犹息。北南两隔劳燕飞,盼只盼,殷殷在侧。

秋收（平水韵）

镰收天空阔,烟霞大地融。
忽闻南渡雁,怅怏又填胸。

秋实几分厚，连枷知许重。

追询小家雀，一粒见秋容。

秋夜（平水韵）

长夜惊蚊翼，孤飘怅坐眠。

逢秋愁夜雨，漏尽半生颠。

曾想床前伴，何期凉薄缘。

身如苦寒叶，魂似失心莲。

苏幕遮·早寒秋

　　早寒秋，霖沥雨，银杏含霜，缠颈双江舞。不记南山回转路，风月几经，却把青春误。

　　曲无调，词强赋，落叶飘零，萧瑟山城暮。曾记楼台痴念诉，水复山重，还隔弥天雾。

第三章 时令调

秋案（平水韵）

伏案寻章句，抬头引浑波。
禅心入秋色，相衬慢盘磨。
文海泛舟楫，神驰霜叶酡。
不言秋尽日，欢喜奏凡歌。

秋景（平水韵）

笔润流年枫绘秋，霜寒镰锐迫英休。
蝶稀蜂藏雁声去，地阔天高增一畴。
堆岸浮英怜水瘦，桂枝遮月斗星稠。
秋风纵使不长久，扰得菊黄娇面羞。

重阳忆乡（平水韵）

重九菊花黄，高桥怅望乡。
秋光千色溢，工地百般忙。

云隔他乡远,风高浮日惶。

萍踪无定迹,二老失依傍。

低首愧人子,念之尤恨凉。

何时休假去,执手奉明堂。

列数工程迹,翻看戎行装。

乡邻夸海口,不负我儿郎。

水龙吟·问秋何必匆匆

问秋何必匆匆,雨漏不歇催寒著。枝繁叶茂,一园盛景,始而悲赋。滴尽芳华,喋叨不息,仍勾魂注。算伤心时节,秋风人畏,愁眉锁,无从诉。

秋怨十之九虑,步轻挪,恐伤叶露。情知自是,春泥几坞,最终秋暮。尘世纷纷,功名财禄,尽如朝雾。叹青春短暂,浮生如梦,勿当空负。

第三章 时令调

立冬（平水韵）

微寒逐秋尽，黄叶覆园枯。
经季时光换，发虚叹岁辜。

小雪日（平水韵）

皖北冬来难见雪，满天霾絮植寒魍。
白阳乏力西风锁，华祖圣方无可医。

卜算子·雪

趁夜随梦游，芳讯翻请帖。夺得江河魄成形，撒玉周天澈。
地浊我独清，天白身更洁。自是玲珑心化身，那惧西风冽。

冬至（中华新韵）

数九寒天盼雪霏，残枝几净始红梅。
苍凉一块冰封地，还孕清泉蚓转睽。
南好香团北食饺，古尊孝祭现轻违。
叹惜昼短一年日，传统犹遂莫负陪。

冬趣（中华新韵）

千山落雪顶峰白，寒孕溪流夜显怀。
无畏顽童冰上卧，声声欢喜入村来。

蝶恋花·飞雪思

又见一年冬雪素，飞袭枝头，哀鸟惊飞鹭。试问素娥能挽住，倾城花谢阑珊处。

叶落流青铺满路，窗涌寒纱，迷乱凭栏伫。看昨日黄花碧树，今生几许冰心误。

第三章　时令调

期雪不见（平水韵）

霾雾遮空久，心忧盼片鸿。
仲冬无讯息，入值四更梦。
莹莹庭前掠，舞招欢跃童。
晨醒透窗籁，三九怅相逢。

初雪（平水韵）

悬空骄未尽，落地魄魂沦。
本是冰心客，难修赏菊身。

腊八（平水韵）

腊八寒风怯已生，麦仁香粥暖香羹。
七灵六魄杯盘集，怀祖栖心品亲情。

一剪梅·贺新年

荏苒时光何处寻。忆旧抚今，岁月留音。往时之事劳辛多。砥砺追梦，一片丹忱。

复始一元新岁临。运转时来，俯首皆金。惜时如命恐惶惶，何不拼争，不改初心。

摊破浣溪沙·三九

山脊寥萧雪意陈，长河清矍乱林纹。三九金城无颜色，沧桑痕。
西北风催孤行客，山钟击敲有心人。尘世匆匆何处觅，了无痕。

踏雪行（平水韵）

望穿长街无一人，孤灯映雪更缤缤。
玉娥醉酒凌波舞，弱柳含烟美效颦。
点点相思迎面诉，莹莹柔露慰元神。
自持高洁净尘秽，难洗世间声色沦。

第三章 时令调

离别经年南渡客,相违长久念尤频。

万千俗事当抛下,寻看印踪何处伸。

长相思·风一轮雪一轮

风一轮。雪一轮。还被寒风牵断魂。心痴失了神。
念嗔嗔。心嗔嗔。只怨相思随了身。望梅涔泪痕。

飞雪吟（平水韵）

蒙蒙碧水烟,楼影望无边。魂断南山岭,西行隔楚天。
潇潇北风卷,试问有谁怜。落叶自知去,飘零梦不圆。
平铺最低贱,众足踏芳蜷。忍辱泪涟泣,郁孤声瑟咽。
高台寒不胜,白首挂山巅。厚薄分高下,嶙峋见倚偏。
乡村愈沉静,荒野铺琼田。杨树疏枝落,冰心向冽泉。
松腰肥大卧,崖峭瘦清眠。柴户拥衾坐,窗花鳞次鲜。
抱头黄犬醉,游雀拣空田。煦日和风散,仍然复雪前。

天仙子·雪落黄河

雪落黄河蒙雾暝,风砌琼瑶晶玉莹。
谁将远岭画疏眉。念才净。风又硬。往事历怀何所凭。
松挂银须槐色凝,雀踏梅枝霜铺径。
丝丝清冷更三分。山入定。人步轻。明日红妆欢笑凝。

百字令·雪

嫦娥皓腕,宝珠丝绳断,坠落人间。玉蝶翩翩翻弄舞,身入流光惊霰。玉兔梳妆,鹤神亮翅,其羽飘飘散。桂枝浮动,露华纷沓流窜。

谁掩奔水沉思,高山肃立,银波摇星瀚。天使降临裙衩轻,抛洒鬓花幽院。风月如霜,柔光流洒,万里铺绸绢。当登高处,河山盛世痴看。

第三章　时令调

冬河行（平水韵）

飞羽入林影，冬晖两色陈。

长堤挂冰饰，松老发须银。

拔足开新印，回瞻探履逡。

远眸河尽处，山阻水何循。

戊戌贺岁（中华新韵）

风软柳腰弱，雪霏眉目泓。野云归岫处，春舍净澄空。
丁酉金鸡立，戊戌神犬忠。爆竹驱患咎，当户对联红。
坛醋烧祛害，五福集兴隆。北窗鸿运透，南院兆祥浓。
列炬玳筵设，捧杯千百盅。儿童得岁礼，老辈寿眉恭。
祈愿花灯照，庆丰年夜憧。不眠非守岁，喜乐发由衷。
明日登高处，觅春观日东。天开宏运治，华夏盛装隆。

己亥致禧（中华新韵）

花柳怀胎季，春心初动时。和风知韵律，听雪盼年熹。
钟鼓敲新赋，立春逢岁夕。窗花贴瑞庆，灯焰照元琪。
盛宴慰辛苦，小酌追往昔。祖先先祭奠，尊者再行揖。
子代团圈列，大人压岁嫡。家风畅合睦，康乐占其一。
细数经年里，贵人携手提。培根又植土，长者亲恩师。
朋友常相聚，同仁多顾惜。奋蹄默默行，收获慢沉积。
惩戒随闲谤，炼修打铁肌。歪风敛纲纪，诸事应良知。
诗笔追风月，文章论纂辑。思棋理来路，变易化顽疾。
戊戌瞬息过，六君遥忆悉。其心犹可取，大势断根基。
万物循其道，强求难护持。中年多磨砺，学业莫惟迟。
冗夙中年负，挑担己亥时。鼎新革故日，恩重贵珍惜。
祝愿送祥瑞，桃符贴大吉。人人都顺意，事事应心依。
虚谷五福纳，抬头日月怡。胸中隐山岳，九曲藏心机。
金亥拥清贵，坐拥天下机。鲲鹏遨逸过，万里快骑驰。
笑靥少年志，红颜遇故知。蛟龙入江海，鸿运傍身欺。
暴餮仍消瘦，空杯畅卧栖。暑浓殷摆扇，寒冷惦加衣。
雅趣逍遥客，胸怀翠墨吸。身平心自远，一梦到微曦。

第三章 时令调

新年献辞（平水韵）

覆水一年去，发稀叹岁终。怜春无傲色，仲夏入惺梦。
秋爽恍涂面，翻飞冬雪融。时光何切切，去岁逝匆匆。
历数经年事，茫然一梦中。诸多辛劳事，用意只存公。
久坐腰酸软，差行日月匆。本心为纠错，怎不惹腥风。
登荐贵人助，扶携过乱蓬。亲人陪左右，侍弱整衣绒。
有女初长大，青春玉面童。交心朋友问，无扰念由衷。
孤寡老人苦，难常膝下躬。故乡风雨泊，远望泪花瞳。
一沓诗书薄，胸中倍觉空。棋锋无对手，怎敢入玲珑。
惟借杯中物，无羁笑太公。思南身就北，青岭雾蒙蒙。
耳听边关事，游思雪上鸿。欲行多牵绊，阻隔万千崇。
复札今时记，明天何所功。年终岁尾思，落笔不词穷。
愿老康而寿，身心似道翁。儿童解疑惑，心智雪冰聪。
愿友心期向，财雄业兴隆。太平家国宁，世界息兵戎。
愿企为翘楚，势头劲如虹。我们圆夙愿，顺水又乘风。

八归·冬松韵雪

冬松韵雪,慵阳凫水,楼阁远瞰愁蹙。轻烟乱柳迷神思,船失意横斜泊,水打风沐。满目一倾黄练铺,看两岸,推波还续。想往事,滚滚红尘,日逐日周复。

江郎东坡枉顾,持樽凭吊,渺渺烟云皆覆。楚山幽峡,浩然青史,此水悠悠淘澦。急匆匆责问,只见残枝起还伏。应难奈苍凉无限,缓缓心头,茫然尘世碌。

年夜(平水韵)

故里平常话,围炉剪雪花。
经年南北客,今昔适称家。

浣溪沙·元宵寄情

华曜元宵当岁红。锦襄盛世换妆容。神州风月梦犹同。
雨水雪飞春暗动,人勤值早步匆匆。且休空度分分钟。

空靈賦
KONGLING
FU

第四章

恩情录

第四章　恩情录

青玉案·江河泪

北风乍起残云弋。海天泪，江河戚。西舍海棠谁爱惜。南昌举火，山城抚隙。建国邦基立。

无儿却顾苍生逸。瘦骨慈威熠辉德。四十二年还祭忆。赤身报国，外交显赫。无冢留芳绩。

翠楼吟·春天故事

记得那年，春天故事，苏醒大江南北。渔村成盛市，敞开大门南巡策。同胞休戚。两制紫荆归，惊天贞则。寒门客。鲤鱼凭跃，学书身立。

缅忆。弹雨枪林，历史波涛涌，脱身时隙。岿然谋伟业。白猫黑猫英雄识。苍山如笔。写起落无虞，初心如日。清明立，激流休退。赤诚匡国。

敬祖（中华新韵）

知岁白杨劲向天，祁连晴霁素遮颜。
谁人怀抱童心至，喜鹊门前问泰安。

念起（平水韵）

东山羊散唤乡翁，西陌田荒蒿草蓬。
家父劳心沉睡去，念思惟有付清风。

望断红岭（平水韵）

村野清明村舍新，归乡惟有雪沾巾。
眼望红岭沟前路，不见慈祥老父亲。

第四章　恩情录

思父（平水韵）

哀哀吾父逝，荒草伴孤碑。茔厚一坯土，相思需梦期。
珍馐难入口，常想父还饥。行至水云处，盈盈泪眼离。
每逢迷惑事，欲诉少人知。偶醉不眠宿，良方训自规。
听儿唤老爹，一唤一相思。几近佳期至，阴阳隔四维。
少时羁惰劣，只怕厉言辞。弓背供求学，艰辛不退移。
茧皮消日月，芳桂换家资。德泽出乡僻，以身良善垂。
扶儿宽马背，送出八村随。拉扯雏儿五，助孙明德基。
老来仍俭苦，牧犊弄田陂。直至膏肓疾，还家不受医。
忍疼堆笑靥，不与后人提。一世正良品，家风沐后齐。
今逢父亲节，哀恸失亲慈。何处音容觅，含悲西北痴。

寒衣祭（平水韵）

断续烟尘断续风，
悲怆天地乱蒿蓬。
鸣鸦一恸乡村矮，
顿首三连泪满瞳。

差祭（平水韵）

身处长安心系乡，两难忠孝意萧徨。
正逢跪祭亡魂日，绵雨连天赋感伤。

七律·奠（平水韵）

龙卧红湾居福地，孝恭先祖奠吾宗。
群山环待小村落，善念扬芳千里共。
茔垄火融生死际，眉间雪落怆思浓。
冬雷坤震天犹祭，应诉梦萦几度逢。

春晖辞（中华新韵）

炊烟袅袅低，汩汩井泉溪。村落难留住，终究远行离。
依依山口送，目涩泪犹滴。遮日登高觅，数挥人影稀。
久持薄暮色，方觉寸心疲。一步三回首，山虫亦感唏。
时时轻叹怅，停下手中急。微冷念衣袄，天温盼日西。

第四章　恩情录

三餐忙惦记，留物尽食鸡。挥汗攒金玉，添房又娶妻。
孤灯长月夜，缝补纳鞋屐。忽促遇节气，虚空问惑疑。
回家休假日，节庆比年昔。虚胖仍怜瘦，百般厨艺奇。
夜深拥被暖，茧手抚摩慈。夜漏鸡鸣早，起身粥饭食。
星河三万里，辉照比难及。母爱可怜鉴，世间居第一。

梦父（平水韵）

夜雨敲窗催梦寐，遥看慈父坐门廊。
声声呼唤不相应，泪醒方知客异乡。

母爱（中华新韵）

足底生花游子履，千针万线庶人衣。
若言老母心头系，俯首端详脚下屐。

行香子·陌路寒村

陌路寒村，山水乡愁。念沉沉，常梦中酬。经年一别，红岭山丘，撒一抔土，两行泪，磕三头。

家贫无守，撑重早熟。少年时苦轭搓揉。背煤拉耙，赶马驱牛。两袖清风，四邻睦，五儿优。

盼（中华新韵）

一花开畛陌，五朵干枝灼。籽借风离去，茎伸憾陡坡。
根稀疏叶落，黄土养分薄。只叹一秋过，零丁老太婆。

如梦令·盼儿归

村口痴望翘盼。裙摆盈盈忙乱。
时久望回还，母在家，亲情绻。
陪伴。陪伴。村口别离勿唤。

第四章　恩情录

萱儿（中华新韵）

雨后黄花待孕开，无忧看罢念盈怀。
女儿名叫萱萱草，盼望何时袅袅来。

女儿赋（平水韵）

日月乾坤天地合，山河半壁映红嫣。桃花靥面梅风韵，玉洁冰清水化仙。

雨露润滋花纤骨，含苞待放蔻芳年。母性光辉生万物，亲情舐犊貌相传。

补天女祸抟泥俑，螺祖农蚕种植延。泛雨梨花大唐出，婉词清照易安篇。

木兰征毕梁红玉，剑胆琴心贼寇悬。江姐贞身书品节，滨江一曼舍身捐。

千年馨烈氤氲史，万种风情女子怜。落雁沉鱼茶酒客，如莺似柳慧心妍。

冲冠一怒烽烟起，玉指轻挥刀剑悬。百世兴衰女王现，千秋霸业别姬咽。

知书达理妇人志，脂粉罗裙历史颠。教子相夫青貌改，孝慈执守族门延。

盐油柴米奏谐曲，苦辣酸甜孕质坚。最叹工程奇女子，异乡飘泊独游燕。

浮萍犹借港湾力，家国何辜柔韧肩。惟祈天下诸仙女，既得衣裳又得贤。

汉宫春·红颜

可比桃花，待放含苞季，韵娆容鲛。时光却不顾惜，霜打风刀。花容月貌，月余骄，却也香消。谁道纵花容月貌，付于烟火尘嚣。

追忆芳华如水，叹红颜薄命，对镜犹娇。可怜万千娉婀，良善慈操。相夫教子，沥心神，无怨辛劳。空自忆，清欢膝下，其香可有人描？

第四章 恩情录

三八感怀（平水韵）

水浇骨肉倚云裳，惠质兰心气若蔷。
豆蔻冠缨三月艳，为母怜爱拟江长。
含辛茹苦持家内，相父教儿诸事量。
何必天庭寻玉使，身边姊妹尽丹凰。

归乡（平水韵）

乡村抱雪北风狰，犬吠轻狂径自横。
归客相逢曾识面，直催稚子唤家兄。

求学赋（中华新韵）

孜孜识学累，殷挚盼儿飞。
一卷乾坤定，寒门喜复悲。
才登金榜第，又遇奉职催。
父母拼达贵，平生奋起追。

南乡子·校园游

故地不期游。园外萧萧校内悠。还看旧时花径路,仍幽。芳馥青春哪里求。

怯步又回头。再探当年学府楼。步履暮迟师皓首,难酬。款款师恩笔下流。

减肥谣(中华新韵)

昨天豪饮罢珍馐,今日惶惶健步修。
抬腿惊闻气娇喘,低头惟见小山丘。
三高惴惴不眠宿,山上归来把魄丢。
朋友圈中比多少,操场马路走春秋。
楚腰才羡纤纤袖,反慰唐朝丰韵流。
不日呼朋执美酒,且将烦闷后时留。

第四章 恩情录

朵颐（中华新韵）

兰州羊肉泡，汤鲜味称道。二绿配一清，黑白隐约漂。
小儿西北苗，最解其中妙。匙小心生急，朵颐方不矫。
左勺屡屡吹，右筷频频挑。鼻翼生香津，双颊红萼俏。

打工者（平水韵）

田地风情无意守，中兴家道应钱筹。
双肩扛起行囊去，不见家乡夏与秋。
孤桨搏浪漂泊久，今朝回返儿藏头。
高堂拭泪蹒跚步，才唤闺名泪复流。

鹧鸪天·祝寿词

京城繁盛夏犹焚，夜来微雨叶知痕。
飘零颠簸半生过，差行京师逢寿辰。
面一抻，酒三樽，此生磊落向昆仑。
晚年怀抱娇孙逗，闲看黄花漫夕晨。

感客友故乡慈亲相送（平水韵）

王铺梁上小村幽，星斗人家落四周。
罐中乾坤熬岁月，羲皇文化挂堂遒。
乡川枝鲜坠金果，福地子贤成将侯。
百曲九折盘节路，峰回一望白娘头。

忆友人（中华新韵）

雷厉惊风起，长河醉意浮。念及巴蜀泪，曾映大江孤。
夜雨驱蛙散，西窗又赶竹。曾经陪酒客，今日点孤烛。

小别相聚（平水韵）

小别经年叙友情，不料更鼓月分明。
古城万里浮萍聚，无酒且将茶款迎。

第四章 恩情录

渔家傲·同学情

　　金城四月风景独。长河柳织两山簇。好友同窗高秉烛。相对促。青葱岁月徐徐读。

　　犹拨弦琴彝族曲。高谈阔论棋三局。杯酒续情鸿愿夙。梅兰竹。天南海北皆音福。

故友聚（平水韵）

　　泾洛分于子午峰，田间地舍问瓜农。
　　人间清乐何寻觅，故友端阳合水逢。

赠友别离（平水韵）

　　浊酒几盅情更淳，生逢知遇惜红尘。
　　客回折柳无颜色，春雨留人待翌晨。

定西番·梦

惊悸相期梦里,惊坐起,雨敲窗,夜苍茫。

念及乡山村水,心暖复又凉。苦短为何人世?叹无常。

望乡（平水韵）

梦里山巅望故乡,沧桑老屋罩悠阳。

碾场秋满铺青绿,不见叉锹节律扬。

别后（平水韵）

西南一别经年久,交颈两江缠不休。

适值绵绵阴雨夜,杜康长醉略消愁。

第四章 恩情录

母校闻书声（平水韵）

亲植白杨枝叶繁，学堂无稔弗知尊。
细听朗朗读书韵，逐字方言辨哪村。

归故园有感（平水韵）

雨唤葡萄架上爬，风拎竹叶抖芳华。
曾经一片心浇地，何日果繁何日花。

致恩师（中华新韵）

修顽正劣识曲奇，师道重教在惑疑。
如父掌温双手暖，微言似母灌醍醐。
粉沾霜鬓春秋色，神浸天然入太极。
不为江南花匠客，育得桃李自成蹊。

鹧鸪天·母校行

青松已壮华冠重。牡丹含娇笑青葱。
柳槐小径球场路,年少青春懵懂瞳。
书生悟,状元鸿。几回魂梦入园中。
恩师在左随行右,只是相逢不识容。

游子（平水韵）

倦鸟天涯四处飞,试尝世态几轮回。
乡音犹系归家路,催泪何需酒半杯。

念黄花（平水韵）

去岁黄花今不同,崇龛三月蝶蜂丛。
阵图八卦终难衍,老祖何知再罕逢。

空靈賦
KONGLING FU

第五章
行旅吟

第五章 行旅吟

沁园春·兰州

古道西行,黄河东流,两山痴孤。古刹桃红映,塔危肃矗;五泉甘汩,去病鞭舒。黄水滔滔,铁桥横锁,柳密花荫风景图。曾何日,驼铃穿古道,满目荒芜。

阳关西出难书,叹不尽风尘滚滚铺。战火连天促,往来冲刷;愁云残雾,百度千涂。西北端容,大家闺秀,历经沧桑庄如初。沾春露,一书明世界,一面尤殊。

西江月·重庆

夹马两江对饮,巴山夜雨琼楼。
桥高船巨夜光琉,傲视西南雄赳。
双十袂联国共,巫山云散还惆。
红岩凝魄定神州,使命初心不负。

鹧鸪天·古都行（平水韵）

一入长安宫墙高，千年文化古风昭。
福兮圣地祸兵刃，将士身威地下陶。
岭掩骨，水遮麂，十三朝乱大唐骚。
丝绸新路开疆道，西部开航锦绣描。

飞入渝（中华新韵）

万丈高空艳艳天，烟波浩荡似仙间。
穿云破雾山城入，谁料重阴罩岫岚。

鹧鸪天·咸阳

渭南嵕北皆向阳，关中古迹史悠长。
秦腔眉户数折戏，乾茂昭阳几政皇。
高塔耸，古楼藏，唐砖汉瓦故宫廊。
铁马冰河西征曲，今日呈新舵满航。

第五章　行旅吟

青玉案·怀古

怀思重踏咸阳路,但履及,皆书著。帝业千年何所倨?高碑孤冢,后人仰注,可有平民墓。

半生飘泊终开悟,到底平平似轻絮。试问余生何去处?布衣一袭,风霜不惧,笑对长天诉。

长安雨(中华新韵)

风摇桐蕊紫花飞,雨打惊鸿剪翅垂。
触景叹怜孤旅客,偏逢秦调咽幽催。
唐诗三百陈年媚,征战将军俑自威。
不可长安邀饮坐,烽烟往事入浮杯。

淮南行(中华新韵)

朝寄咸阳北,淮南夜将息。
风程千百里,连雨不疾期。

两水平心绪,双阳慰腹饥。

古今一梦至,冷暖自欢嬉。

芜湖行（中华新韵）

英烈皖南寻,芜湖亲水痕。

曾经烽火路,内外挤擦深。

经历风烟粹,繁华人眼纷。

列强何所惧,皆付浪花沉。

普尔月色（中华新韵）

弯钩似楚腰,欲揽始觉高。

大理亲茶道,金花五朵骄。

榕枝筛月好,尤近九重瑶。

枉忆看青鸟,天涯共柳梢。

第五章 行旅吟

一剪梅·劳燕奔波云路迢

　　劳燕奔波云路迢。深入滇南，水请山邀。关山道上自逍遥，翠拢烟波，日映祥涛。

　　景色万千百媚娇。琐事如风，思绪如潮。箴心欲对向松涛，霞染芳林，情系家巢。

访雷神山（平水韵）

　　雷神山上云霄殿，廊柱高擎少柱联。
　　夜访真君不必在，只求明月挂山巅。
　　清风尤厌长梯险，汭水轻流古瑟弦。
　　松径蛛丝留客住，山无奇峻也蜿蜒。

曲水流觞（平水韵）

　　芙蓉阁下芙蓉帐，曲水池边曲水觞。
　　潋滟湖光稠景色，丝丝霞彩画浓妆。

灞河折柳伤怀意，雁塔寻诗识卧琅。

犹咏兰亭骚客赋，谁人霓衣越初唐。

如梦令·曲江池行

信步天光湖色，亭间诗尊林落。

移步问凫鸭，拾得诗词几律？

羞涩。羞涩。只将霞光狠划。

贺新郎·又临湖

  切莫临湖水，又临湖，万千思绪，心生羞愧。轻淡流霞匀匀铺，荷蕊闱中犹泪。蜻蜓落，水波微碎。激起心头浪百度，恍惚逢，叹色颜将蜕。四十载，志何遂。

  望穿浩渺波光事。最怕那，红日西暮，离愁酒醉。看不穿湖深幽谜，唱不尽归鸟喙。想又想何从何计，叹只叹盈池殇赋。且回身暂向长亭觊，看对鸭，翩翩戏。

第五章　行旅吟

如梦令·晨走南湖

晨走南湖惬意，念起柔情何寄。
忽听乐声来，水面镜屏敲碎。
鱼戏。鱼戏。也作仄平小拟？

观雁塔（中华新韵）

倾听老寺钟，古塔藏玲珑。
玄奘犹驮奋，传承妙法功。
大乘度囚困，脱解众生容。
此刻闻来世，层层见禅宗。

乌夜啼·夜河行（词林正韵）

初上华灯夜暝，沿河款款东行。
桥水相依聊卿亲，枉顾月光盈。

却忆穿湖渡海，飞鸥甲板戏迎。

尾浪千朵开眼净，无酒亦心醒。

如梦令·一路红灯高挂

一路红灯高挂，弦月当头如画。

忽听旧时歌，宛若昔人对话。

生怕。生怕。从此放心不下。

浣溪沙·金城山水（中华新韵）

南北暖凉绿白猜，中流浓墨弩书楷。隔河观钓鲤鱼台。

忽显流云霞彩过，河天千紫万红开。金城山水夏倾怀。

鹧鸪天·滨河行

滨河林木萧萧园，白洲水绕戚清颜。

暮云沉寂压胸臆，点点寒风乱入船。

第五章 行旅吟

孤鸥近，晚钟虔，恍然修行世尘间。

小寒轻雪飞窗面，朵朵冰花不夜天。

游刘家峡老君峰有感（中华新韵）

浊浪滔天遇险峰。狂飙夺路逞跋横。

谁当指点山河易，老道凌霄五指蒙。

观刘家峡水道有感（中华新韵）

水近幽蓝远碧波，峰奇万仞斧刀剥。

生居峡谷不觉识，山顶凌云作卧佛。

摸鱼儿·祁连夏日

雪峰祁连，临长夏，仍留半顶冬意。碧波脚下千余顷，当乘鲲鹏骐骥。蓝玉翠，绿野霓，山风环颈徐徐吹。独偎山媚，乳雀遁天飞，啭音犹在，身若浮云里。

清歌脆,何不长天一醉,梦中山岳环伺。牧羊逐马蓬头面,浑璞不思归计。朝露霁,晚霞霓,品尝人世芸芸岁。震雷响起,惊觉冷清清。怅然若失,归去又狼狈。

雨霁安宁（中华新韵）

雨霁兰州宁,风清碧玉天。

可攀仁寿树,沽酒醉花仙。

远景如图画,一河柳似烟。

谁将游魄系,心入后花园。

苏幕遮·大雁塔

燕儿飞,陪雁塔。雁塔高巍,小燕低空答。塔藏经音燕吸纳,动静相彰,奘燕俱持法。

铁桥横,山护夹。桥索含烟,山色增羞怯。桥锁河吟山如盖,参差高低,照观睛休眨。

第五章　行旅吟

观落日（中华新韵）

水饮霞晖醉欲嗔，山吞落日惧尤焚。
地天亦露真脾性，人秉更当赤子身。

青海湖（中华新韵）

幽镜平湖摄魄离，黄花似锦勾魂迷。
白云流彩疏狂弃，绿野轻风任目极。
平楚海天孤鹭戏，一腔思虑尽朝西。
十年回看西格履，景自不同人已离。

山东行（中华新韵）

漂泊苦旅匆，一梦过山东。数遍君王册，江山霸业空。
仲尼儒业术，普世万年中。齐圣逢贤仕，芸芸数载终。
仁人传世记，豪俊影何踪。若使千秋固，国强无寇戎。

西江月·谯城雨

晚雨略捎秋爽,惊蝉暂息声浪。

谯城借酒看沧桑,枭首神医相望。

陇客他乡戏赏,弦声拉断愁肠。

秦腔音里听宫商,国粹满含悲怆。

天梯(中华新韵)

山路蜿蜒往复盘,天梯无际上云端。

当年求学归乡道,心有千结只影还。

如梦令·健步行(中华新韵)

老少环行步计,争做圈中一二。

只想问真人,步数几多无忌?

神秘。神秘。应是心身惬意。

第五章 行旅吟

马蹄寺（平水韵）

赭崖危耸剑锋撕，天马行空石印蹄。
北魏匠心神弗在，虔诚泥佛静心瞑。
登高三十三天去，鹞子翻身曲折梯。
廊角飞檐坚壁挑，红尘万丈眼前低。
梵音诵处清修寺，侧柏香燃古刹迷。
一袭青袍飘沓上，隐身云雾径朝西。

麦积山（平水韵）

麦积孤峰谁垛起，悬崖置屋等仙翁。
佛修丰景光华地，天水宜居三界同。

山村（中华新韵）

银汉星无数，千峰静观莹。山风惊犬吠，逃走两三星。
追影托心愿，默求祈上庭。他乡一阙月，何不抵家明。

金城夜色（中华新韵）

金城夜色美绝伦，灯火阑珊映月魂。
繁艳无羁抬眼过，心飞星月小山村？

济南冬意（中华新韵）

济南九二寻冬迹，未见蓝天冷意逼。
人物沧桑几幻海，难寻舍老笔中奇。
层楼叠嶂遮山景，琐事牵心梦不及。
幸有雪花零落舞，泉城始觉泛生机。

山城会（中华新韵）

山城盼久回，桥立几重维。
江奔合交去，南山一树晖。
长天轻裹雾，楼厦不能睢。

第五章 行旅吟

斜雨轻扑面，青园遍地梅。

入渝年少悔，归去又秋闱。

此间曾拭泪，人还忆难遂。

祁连冬景（平水韵）

寒风数三九，盈雪话严冬。

乡间增重臃，祁连老白峰。

河东追暮雀，山北压琉松。

久坐待封印，盈盈步态恭。

花雕窗写意，灯扫籁纷踪。

除此清闲日，尽皆难入胸。

陇东行（平水韵）

凤浴灵华地，农耕不宿魂。

登山寻古迹，千岁一园存。

高阳台·夏漫凤城

夏漫庆城,天清地秀,浮光掠影随风。垣上花绯,凭山高看城东。丛林轻染三分墨,褐土斑,今古犹同。叹高冈,环水干枯,满眼尘封。

徙来周祖居净处,畜牧躬桑茧,陶复兴农。拓土修城,后稷不如其功。刀耕火种平常事,帝王贤,稼穑民丰。恍然间,史事如潮,几世无踪。

灵武行(平水韵)

塞上玉珠圆又润,波光潋滟泻清泓。
无边湖月涔涔意,恰是西湖落小城。

盛会北京(中华新韵)

精英聚北京,盛世满豪情。半日铿锵语,全球放眼宁。
信心坚似铁,砥砺向前行。筹划千年策,章章话复兴。

治国创典法,廉厉显清明。经济腾飞速,钱包百姓盈。
传承明道理,思想碰争鸣。军事威当立,豪言永和平。
清洁低碳路,复现水山清。盛世千秋业,徐徐世纪风。

车过杨陵（平水韵）

渭漆中原润陌阡,泰陵文帝卧酣眠。
而今车从此间过,蘸水均田叹未圆。

京都有感（中华新韵）

三伏入北京,繁盛看清明。昔日宫墙柳,今朝愈袅偄。
欲观千万垛,好汉古墙行。红叶香山径,息怀忘世灵。
颐和园木秀,金膑溢珍莹。欲探京都盛,寻王府井名。
燕山陵重重,处处掩王庭。桥上三七变,枪炮侮弱萤。
平津捷报传,傅将义当行。还顾思成虑,殷殷领袖咛。
前门十月首,一语中国晴。历史烽烟过,京华当引擎。
而今盘绩业,不负古今评。共筑中国梦,齐吟天下平。

空灵赋
KONGLING FU

第六章

感怀赋

第六章　感怀赋

鹧鸪天·四十不惑

绿树枝头生晓烟，人生肆意莫贪钱。
缠身世事心需静，风吹浮云境自宽。
四十越，行尤难。山高路险勇登攀。
雪欺松直梅正艳。香魂一抹在世间。

八声甘州·感伤

恰清明阴雨恨天凄，萧烟入玄窗。欲依阑远眺，长河汹涌，浊浪汪洋。时令携风邀雨，感念地天伤？见两岸桃楚，红落残裳。

惜别故乡千里，念双亲留独，日夜愁肠。恨心难两处，身分奉高堂。跪草篷，阴阳相间，笛声催，白首倚门望。如何奈，泣风唤雨，仰面悲凉。

定风波·红尘过客

过客红尘何促匆，时光易逝觅无踪，难道只应痴狂梦。惟恐，青葱未几一场空。

今日鲜衣怒马从，作弄，明朝也是耄龙钟。生当笑看生死痛，尤讽，百无聊赖却纵容。

一丛花·别

离开何必太匆匆，正自水波浓。今朝尽看江帆弄。雨一篷，琴瑟难同。移步还休，罄书提笔，遥望探行踪。

无边雾色逆流蒙，孤鹭亦惊鸿。意犹未尽无言对。忽劲风，欲入怀中。山高水阔，别情离意，却做几时逢。

华林山路（平水韵）

白阳无力青松泣，曲径华林尽凄迷。
履历道完尘世路，人生如梦作几啼。

鹧鸪天·好景易衰

好景易衰烟花焚，人生韶岁露珠痕。
少不经事虚奢枉，四十方知日月珍。

第六章　感怀赋

诗煮茗，稿烹晨。意生明镜渐通臻。
此生莫待虚回首，日日弥新俯首耘。

门迎清波（平水韵）

门前清水浅，镜里岁痕深。好景芳难驻，何曾梦再寻。

惜时篇（平水韵）

少时不解晚霞天，老去尤思豆蔻年。
且看残阳吞万仞，韶华当作好章篇。

动车有感（中华新韵）

轮下野鸽鸣，诗书意下兴。境高难企喻，原自快捷平。
美景三千里，须臾已观经。鸡汤随处现，魂魄动无停。
半日偷闲落，消息两两情。真言多不见，俗媚竞相迎。
德性常挑底，层出有虎蝇。人人皆自利，含恨赴高龄。
公正高职落，良知绕道行。视听多皂剧，广告粪圈圄。

空灵赋
KONGLING FU

财色遮肌理，真情散碎零。求实难长久，浮躁主流擎。
再数尤能数，行行触目惊。回身车枕后，层雪泛迷蒙。

工作有感（中华新韵）

时日何其短，一年怅惘间，旅差积月返，碌碌散杂繁。
殚精还复虑，不计被人嫌。行路扬正气，低眉解众难。
纠偏应本位，查过案中寒。也有浮云语，听蛄也入眠。
清风明月伴，碎浪岂能掀。船行随风顺，终究会鼓帆。

鹧鸪天·观八一建军军演有感

沙场点兵演军机，金戈吐气显威仪。
还听城阙高声喝，铁骨铮言诛犯夷。
清风起，雾埃迷。万人步一亮军姿。
如林重器连天际，华夏巍巍不可欺。

第六章 感怀赋

书论（中华新韵）

潜润书香塑企魂，传承文化育新人。
纸中所获需躬行，大业仍需虑悟深。
求是创新学为本，采长纳厚始为臻。
风云叱咤诚心立，工匠精神艺必尊。
阅取人间千种苦，读书不辍命根醇。
欣闻朗朗吟读韵，华夏文泽厚几分。

天香·不沐风霜

不沐风霜，不焚烈火，哪得傲骨担当。鸿鹄高飞，纵横千里，理应冲天凫浪。怎随雀样，小肚鸭肠游走巷。人世一程殇曲，何堪回首凄怆。

今昔月明相望，可看穿兴亡流宕。厚土万重沟壑，俊雄犹葬。别道前程万障，只须搭弓何必愁怅。一跃纵身，当仁不让。

瑞鹤仙·十年寒暑行

十年寒暑行，孜孜学，业苦何言悒怅。千章诗书傍，经风雨，洗却几多狂妄。披风搏浪，笑我痴？鸿雁过往。鬓间霜扑急，乡语寡鲜，难改模样。

曾叹庸人不属，怎似残阳，又朝西怆。流霞绝唱，招摇得，万山访。卧龙藏，变易乾坤深查，谁人琅琊将相。自然随道向，从此月邀饮畅。

破阵子·上层楼

酒后神情寞寞，月钩步上层楼。心似万蹄奔涌过，往日豪情何处搜。流星也弄愁。

记得垢童顽劣，曾将岁月轻流。麦垅蟪虫看瀚海。当际山深识亦羞，不知天下游。

第六章 感怀赋

冷雨敲窗（中华新韵）

冷雨敲窗夜陡湿，落英犹泣诉风思。
难寻南北山成墨，近远只闻咽咽嘶。
灯影难平心蔽翳，身边无友觉还迟。
近前三两凡尘事，胸间无头百万诗。

夜听雨（中华新韵）

听雨无声立重楼，胸襟凉透念英游。
风翻桐叶觉清瘦，不忍合欢泣抿头。
两袖轻挥诗赋韵，独留清泰梦晨幽。
万声滴落青石案，层雾云作玉撵柔。

渡江云·长河远眺

南坡生淡雾，倚楼望极，黛瓦绿墙低。数根高悬柱，吐雾喷云，隔水亦心迷。高阳禁柳，叹当初，摇曳风姿。张乱发，引莺勾燕，一翅径东西。

曾知，流萤怪石，断壁残蛙，不知何处觅。自觉得，厌疲不思，水戚心萎。长疑即落淋霖雨，怎盘算，久盼无丝。如故友，如何梦也难期。

忆秦娥·钟声误

钟声误，只身独上南山路。南山路，长亭高阁，层宇云渡。

登高依旧无人诉，彼城从此遮重雾。遮重雾，尘间落陌，魂归何处？

瑞鹤仙·柳丝牵绪乱

柳丝牵绪乱，舟发去，日暮江昏霓灿。残红落零岸，相思随波散，孤桥尤盼。兰姿蕙眼，缱绻行，琴瑟渚雁。又谁知，蚀骨魂附，重山应也望断。

可叹，笙歌未尽，和阕残联，再无谋面。娇嗔伴玩，论才思，善争辩。思莺声燕语，环前随后，轻言方觉误唤。寄霞光，几串，惟愿，扫清积怨。

第六章 感怀赋

静思（中华新韵）

水闲方抱霞醒梦，山静才招雾摄魂。
诸事皆存因果在，心存挂碍是红尘。

点绛唇·雾锁层楼

雾锁层楼，天阴鸥急河浪骤。
窗前搔首，烟雨蒙蒙候。
好个初秋，黄麦刀镰瘦。
可知否？凄风绵漏，乡眷心凉透。

野径（平水韵）

云游闲适风生景，山径蜿蜒棘伴行。
占道蛛丝携袖紧，鸣蛙林里道殷情。

喝火令·雁去花迷落

雁去花迷落,人分背影孤,冷风凉月露霜涂。才说地长天久,都化絮云臾。

饮三杯离绪,诗词勉强涂,从今难见燕陪书。闭了西窗,剪了北山株。断了别思如梦,离后两宽舒。

满庭芳·满园秋实

秋实盈园,满涂芳坞,盼来微雨惺惺。桃零李谢,红枣蹿高荣,正值山楂锦簇。忽抬首,斑斓七色涂,枝劲眉峥。登高处,跃犹不及,可否借梯绳。

再行,游园路。通幽曲径,黄菊骄盛。小桥前,长杆敲扑休停。哪管尘螨虫污,欢笑间,捡食难予令。陶然间,篱笆园内,款款话叮咛。

第六章　感怀赋

后庭花·秋风不识旧人面

秋风不识相思面，鬓鬟吹乱。

锦瑟幽咽纤手弹，恨多还怨。

临窗更觉衣衫单。月羞星散。

知心惟有茶一盏，语平人暖。

满江红·云淡天高

云淡天高，仲秋令，和风畅煦。盛会至，航程新启，目光如炬。五载负重艰苦路，百年前景填新赋。满豪情，中国看全球，康庄路。

亲民惠，科教树。强国本，为翘楚。几代人同心，逐梦专注。牢记初心铭使命，政风廉洁赢清誉。正当时，奏盛世音符，休辜负。

五载（平水韵）

五年流转促，千里建功基。夙夜心忧畏，徒何大运离。
将军四度令，士卒苦寒推。不足焚身去，书评诋万辞。
财贫人借力，心散魄无居。一语谶功过，胸宽陌路迤。
且听风落雪，独赏宋唐诗。看穿世间事，幽微著事知。

烟锁长河（中华新韵）

水借西风势，流经更促匆。生嫉白雪影，清瑟孕寒冬。
极目不及里，烟桥引市容。岸斜裁密柳，飞鸟尽失聪。
色彩参差铺，惟失照水红。孤帆只影远，隐隐立惊鸿。
拭泪圆睛看，盈盈一场空。吟哦难尽意，猛饮两三盅。

逐梦（平水韵）

钢轮铁翼走天涯，宫月骄龙誉国家。
曾是乡村沟底石，梦圆可伴锦中花。

第六章 感怀赋

感怀千里神行念,求学无车步履爬。

时代恰逢今日好,建功还靠奋勤加。

山坡羊·曼妙青春

青春曼妙,娇容绝世,哪个能到百年好?

但看水虫耄,鹤龟耄,清修千载亦零凋,终究生死道难逃。

愁,也是一世休,

乐,也是一世休。

卜算子·相见欢

莫道相见欢,终究将离散。不看流云落絮堆,各自风飞窜。

只言留住难,留下更空叹。试问天边一轮月,笑听千年愿。

唐多令·叹东坡

词赋为谁听,风烟满碧亭,纵十年,芳叶凋零。痴怨一腔言别后,落落酩,怎安宁。

相悦已曾经。相思酒亦醒。从此时,冷暖谁听。两地闲看盈瘦月。孑孓行,影单行。

情缘劫（平水韵）

缘伴贪嗔灭,情随孽象生。
劫来无去处,并入笑谈争。

鹊桥仙·月光渺渺

月光渺渺,星河迢递,相见鹊桥还好。纵然思绪慢煎熬,却留传千年遗告。

路途遥迈,信音杳杳,工地儿男辛劳。可怜雪雨带霜催,盈盈盼时空一笑。

摸鱼儿·未经承几番风雪

未经承几番风雪,残冬匆促犹别。倚窗探看霾无尽,昏褐无边心结。山似骨,水失洁,长街清冷人如叶,丢魂不蹶。叹只有殷勤,流风乱袂,探薄襟毫发。

第六章 感怀赋

千般苦,星灿还望月缺,琴棋难解孤咽。西听楼阙惊鸿越,立等只期来雪。如冻鸪,寻不到,槐舒嫩柳江边月。闲愁可说,休去立山巅,高峰云诡,更有混波谲。

诗酒芳华（中华新韵）

酒兴吟诗五岳巅,笔酣画景彩云间。
芳华莫负虚才度,济世达人应少年。

相思（平水韵）

何处有相思,吟花对月时。
烟云经事过,再会藉词亏。

甘草子·祥瑞

祥瑞,普天同惠。
开户迎新岁,把酒言相会,同享经年醉。
盛世太平鉴明治,走大道,初心重器。
邦运家风万年计,不愧英雄气。

前路（平水韵）

风雪连天归路惘，飞龙掠地势犹狂。
莫言我作长留客，此去他乡又故乡。
聚散本应平日事，深情也可慨而慷。
独行莫道无佳酿，浓淡乡愁慢慢尝。

盼（平水韵）

噬骨寒风扰，寒梅等雪遥。
关山飞雁漠，心远念思寥。

空靈賦
KONGLING FU

第七章

景物叹

第七章 景物叹

兰（平水韵）

兰生幽谷静，有节体还姝。九豌不沾污，凌香十步输。
素心随草介，气卓伴群薹。一叶羞千树，花开一里孤。

竹（中华新韵）

竹影摇光化万枝，经风沐雨挺还直。
哪得节概铮然气，数丈根深看见识。

如梦令·浮萍

浸透一湖青翠，落尽繁花犹媚。
疑是落篷舟？怎做蜓游床睡。
摇曳。摇曳。轻载几声蛙喟！

鹧鸪天·疏月

疏影横枝月挂梢,梅花还比桂花妖。
吴刚试问可行酒,玉兔还应当菜肴。
和风畅,乱星高,清欢人世当良宵。
此时鹅羽纷纷下,沾得清辉作画描。

月(中华新韵)

皎皎碧泓魄,汪汪涌树梢。频频散柔媚,脉脉惹人娇。
促促驱车赶,约约咫尺遥。灼灼无计得,怅怅弃还招。
傻傻停当道,连连抢对焦。偏偏灯焰扰,耸耸蜃楼高。
悻悻叹失落,悄悄掩面嘲。粼粼清似水,隐隐逸姿绰。
翙翙嫦娥舞,亭亭仙女妖。芸芸凡物愧,郁郁不容交。
久久望天际,冥冥晨旦挑。卿卿入心海,落落伴飘摇。

第七章 景物叹

蔷薇插花（平水韵）

未绽心房默度猜，暗香欲渡等风来。
不知冬日敲窗意，懒倚瓶身淡淡开。

如梦令·叶

曾记瑟琴合舞，今自水流枉顾。
偶遇巷风来，忆记秋分相聚。
无数。无数。黄叶满铺小路。

叹叶落（平水韵）

一叶飘零径向西，鳞伤遍体伴风栖。
寻根化蝶黄粱梦，因劫离开独为蹊。
浮日几多凄切过，万般孤独路途迷。
欲期故友东来叙，缘浅情深不必提。

秋叶（平水韵）

一径灵魂落，千阶奏劫殇。
秋风多宠幸，无脸逐春光。

菜花（一）（平水韵）

浓香一岭招霞扑，千顷黄花引蝶酥。
落落碎仙琼玉妒，层层轻铺景丰图。
川南开罢西湟艳，花海应期念界无。
艳艳春装陈肆意，盈盈相思乱狂涂。

菜花（二）（平水韵）

是菜又言花，招蜂引蝶夸。单株惊巷陌，万簇映流霞。
不枉琉金面，兼修内业华。秋闹成正果，香入万千家。

第七章 景物叹

咏梅（平水韵）

盈盈雪意寥，立地化天骄。
素裹红星玉，香魂匠笔描。

疏影·梅

琼枝缀玉，有蕾红万簇，含羞颦目。轻度香魂，形曳神摇，若少女怀春馥。贵妃自忖肤容辱，看且看，云裳虹束。化雪魂，万种风情，只把寒风追逐。

犹记经年往事，坐等流宿出，兰佩馨竹。不忍流莺，阵阵声凉，早已告知难续。剪枝月影临窗诉，恨只恨，难离庸俗。盼只盼，沐雨听风，化做彼花遥祝。

卜算子·咏月

缺欠本常形，月令生其律。无影无光照世间，借阳魄，盈阡陌。
相伴宿星长，撩挑波潮激。神合雌柔水洁清，脉脉尝君寂。

空灵赋
KONGLING FU

荷（平水韵）

蛙栖萍叶摆，蜂闹雨花台。
皎皎芙蓉面，慷然陷泥埃。
静心居世外，莲朵满腔开。
丹苦神情爽，清廉不染埃。

恹阳（平水韵）

冬至令催陡冷弥，枯枝犹盼换琼披。
当空红日恹恹挂，落雪不融虚称曦。

牡丹赋（平水韵）

牡丹唐盛动京城，今日花焚遍地荣。
旧历锦衣膘马客，现为普众庶芸生。

第七章 景物叹

柳（平水韵）

长发齐腰慕水塘，迎风妩媚对湖妆。
涟漪嬉拨催莺语，盈绿迷人比海棠。

汉宫春·柳

弱柳长河，积岸堆荫茂，自在逍遥。何酬雄心壮志，俊颖轻佻。花开乱度，絮穿庭，扑闹轻娇。应当日，长桥送客，无言但看青篙。

只问满河流水，为何留不住，来世今朝？因而张发舞媚，殷首相邀。横飞细雨，一烟蓑，守眺浪梢。空自忆，风流未减，博莺经夏欢邀。

摸鱼儿·青稞

夏时西行清凉探，高天厚土风长。看千顷菜花黄遍，映郁青稞葱飏。乡间浪，芒刺扬，绝不低首迎蜂唱，兀然轻怆。叹山地高原，苦寒独守，洁自随身荡。

　　悠悠笛，小调勾人惆怅，轻和碧浪摇宕。那时小脚依青杖，最解其中忧怅。仍念想，回乡后，怀怀皆是琼浆让。斜阳可谅，醉颜忆亲人？好生端量，酒里有人藏。

红月青梅（中华新韵）

红蟾晕浅应阳生，梅色清绝待雪丰。
天地犹存情切切，人生欢爱意盈盈。

筛月（平水韵）

疏影筛枝洒锦斑，疑为雪落扑衣鬟。
欲挥弹指方轻吹，无计除移却那般。
惆怅听风蛙语乱，才知六月失冬颜。
此生零乱平常过，只盼时时月下闲。

第七章 景物叹

白杨赞（平水韵）

挺拔腰身立北方，枝丫紧簇慕阳光。
浩然节气争松竹，凛冽寒风兀自尝。
不畏瘠贫黄土地，更依农舍小沟旁。
感怀赋得青杨赞，抖擞精神再远航。

蒲公英（平水韵）

籽粒高飞无绊继，枯枝败叶守残延。
一生芳泽留根嗣，填作花泥也寂然。

茶（中华新韵）

清香苦涩隐身埋，落底残羹一水白。
不惧浮沉摇摆路，煎熬笑对作禅台。

春桃花（中华新韵）

晚风轻醉戏春桃，急欲春心对月抛。

不负夭夭薄幸氏，胭脂红粉尽情描。

窗月（中华新韵）

夜阑风挑卷帘开，伸手即拥月满怀。

一枕清辉留不住，追出窗北盼回来。

如梦令·夏日荷塘

盈盈蜂蝶促撩，风吹短笛魂销。青荷夏时俏，一池窈窕绡鲛。轻篙。轻篙。蟹蚪戏水追逃。

第七章　景物叹

湖中即景（平水韵）

湖天抹一色，峰岭次及寒。

老树虬须乱，根深坐涅槃。

念奴娇·冬日游园

碧空澄净，看春来，雪后初见晴霁。风定寒微轻扑面，更见煦阳暖意。老树参差，长亭梦断，落寞相思寄。池塘残荷，冻封冰彻成粹。

阶石轻转探望，成行弱柳，银发皆清慧。更有白杨高耸立，枫叶犹难离弃。荆棘蓬生，枣枝横舞，株植生机比。穿游其里，不知还是冬季。

两季仙（平水韵）

桃艳梅端两季仙，春风焉识雪冬缘。

生来不让须眉客，冰火明莹各半年。

三泡台（平水韵）

茶中灵俊孕三才，名动金城曰泡台。
八宝拂心春扑面，茗尝自觉散仙来。

落叶（平水韵）

叶迷秋露爽，乘夜上浓妆。孰料骄阳扈，相投素面霜。
可怜家碧玉，心冷脸腮黄。落落寡欢后，香消魂断亡。

别样玫瑰（平水韵）

香脂一抹春闺里，两颊潮生昨日蒙。
豆蔻年华消瘦去，含羞仙子闭瑶宫。
胎萌珠露娇生骨，笑绽风情爱映瞳。
不恨摧花折枝手，却留真挚待君红。

第七章　景物叹

景致（平水韵）

山静鸟音婉，河清鲤弄波。

云虚遮树影，霜定看花酡。

香劫（平水韵）

肆意春寒迫碧桃，芳华一袭萎枝条。
恰逢豆蔻好年岁，劫遇无端玉魄凋。
残韵垂冰蕊含泪，黯然失色瓣香消。
经年无果怨何致？应作媚仙几日娇。
只叹人生无定数，今时不把后尘料。
时光荏苒君休负，逐梦追风在此朝。

临江仙·雨后园

一夜爽雨闲约后，枝间绿意轻流。忽听云语展歌喉，雀儿离别近，鸣中也含柔。

惜看碧英飘零落，华年还有囚幽。思前虑后渐心忧。叹人事变幻，几许笑和愁。

小院景（平水韵）

廊间曲水不思踪，枝上骄莺笑盖松。
既有青云磅礴志，缘何迎侍假山峰。

对长河（中华新韵）

门迎沧水湍，头顶散云盘。
不畏繁华乱，书中日月宽。

金城四月（平水韵）

金城四月景正好，兰白桃红山杏娇。
柳伴长河天际去，云推山影日光摇。
层楼落错间春色，徐畅清风万物娆。
应是自然生发始，春来何苦叹花凋。

第七章 景物叹

桂枝香·绿茵赋

柳长茵铺。借明艳春光,和风轻诉。白橙蓝红队伍,气平神驻。怎叹昔日书生弱,挟东风,狼奔猿踞。长传悬吊,鹊飞走兔,单刀争赴。

忆往昔,青春几度。誓夺拜仁志,欲强男足。念启身形慢动,叹光阴去。心随旧事浮沉过,感言青春少年悟。一声长啸,且将此时,激情抛付。

点绛唇·流水横沧

流水横沧,穿胸而过无他顾。两峰隐语,对饮看民庶。
南院钟声,警世人迷路。今何慕?朝辞暮赋,苍狗层楼铺。

点绛唇·暖日频催

暖日频催,满园春色烟波雾。微风几缕,一阵梨花雨。
流水小桥,戏影游鱼聚。可归去?海棠枝诉,难得花间露。

小重山·祁连深处

岩麓祁连春意迟,芳菲醒五月,绿荫葳。蜂浪蝶乱雀儿嘻。风飒飒,略带朵云低。

远眺雪山巍,身边羊马散,赛仙齐。奈何城市把身栖,盼只盼,归去落花时。

喜迁莺·风雷惊觉

风雷惊觉,听夜雨促疾,电闪神烁。层阁烟笼,泻地灯迷,明灭远山宏绰。心悸未止浮跳,残梦透惊帘角。叹远客,断不能亲历,巴山路恶。

追念,离别错,心事万重,难付知音托。几度光阴,空虚韶华,争得几许寂寞。听雨追风轻酌,怎怪时光如掠。且枉顾,十分真性情,守住魂魄。

第七章 景物叹

菩萨蛮·冷雨入城

倾城冷雨春花劫,柳枝瑟瑟莺归怯。暝色上高楼,阴云人更愁。

远山虚绿盖,春水游凫鸭。春海抵无由,春寒兀自羞。

夜雨洗城（平水韵）

南北山头雾霭蒙,黄滔逐浪诡波鸿。
金城谁绘丹青色,华贵雍容黑白融。

农夫（平水韵）

天犬随身入云景,一肩春色浑然挑。
若非神识游玄圃,难觉乡间是渡桥。

秋河（平水韵）

秋夜雨增几日凉，黄河盈抱逐波长。
两山浓墨清明赋，居此何须思远方。

东流水（平水韵）

风动琼枝寒意浓，慵阳摇滟乱波重。
长堤难系东流水，且逐新浪忘旧容。

空靈賦
KONGLING FU

第八章
深思言

第八章 深思言

自智（平水韵）

酒醉人昏瞢，势单运离鸿。
自求多福路，默默把身躬。

十离（平水韵）

娘离儿

盼子成长又怕飞，远行飘泊难相随。
把心分得两三瓣，且听餐餐都念谁？

鸟离笼

关羽经年献媚词，张飞无力出笼篱。
无忧昨日堂前客，且叹自由不及炊。

叶离树

碧玉婆娑知了纵,春芽夏荫恁姿容。
无情最是秋风冽,一夜且看叶几重。

犬离主

倚人宠爱更猖狷,流浪丧家墙角邊。
本是忠诚仁义胆,犹怜无主失心神。

雁离群

孤影哀鸣呼伴行,翳云雾幛映凄情。
不思饮食不思息,惟念遗尘憾盛名。

鱼离池

积修一跃过龙门,贪食银钩亡命魂。
翕合跳弹不瞑目,难逃宿命断尘根。

第八章 深思言

珠离掌

润圆盘抚接肌肤,道是包浆浸浊污。
挂手菩提心不觉,万千数够也还愚。

人离心

妲己娇淫掌股酥,比干无窍妇人揄。
环看今日周遭事,且莫轻言论有无。

船离岸

一篙撑别鸳鸯首,岸上船头凝泪眸。
从此君心如流水,自由顺意莫回头。

老离乡

离愁最是晚来秋,季候三餐不服求。
还怕乡音扫耳过,捎信故友待弥留。

生态（平水韵）

江海风云化，地温花木萌。
生灵皆有魄，怎可亵毫丁。

韵（中华新韵）

水静鱼飞跃，山清树款情。雨急竹叶密，雪扫万山明。
诗映千般境，书香惹戏蜓。声催莺婉转，气定若梅凌。

境（平水韵）

提词只觉心胸窄，拔腿方知山路遥。
读诵偶尝心耳静，哪如观海万千潮。
酒浓只待知心客，身洁方才不哈腰。
难诘英雄天地恸，见微识著后尘昭。

第八章 深思言

幻（平水韵）

风月枕边尘世梦，山头烟雾鬼神撩。
月盈千载荡魂魄，霜染层林落寞萧。
神佛指开禅意觉，俗人碌碌世间漂。
名垂青史有谁在，珠宝沉沉带墓窑。

雅趣（平水韵）

奕数无边黑白鏖，文章有骨敲推雕。
青山一望休书画，溪水聆声韵入谣。
柔媚清风茗茶道，梅花点点诉琴调。
月明对影三人舞，杯酒流觞诗兴陶。

和雅趣（平水韵）

诗书吟诵透庐茅，松下听涛酒兴邀。
嬉伴蜂迷花间舞，聆听云鹤唱歌谣。
登峰渐觑乾坤小，策马草原鞭蹬撩。
青石仰栖觉酣畅，竹柔处世不弯腰。

空灵赋
KONGLING FU

雅意（平水韵）

开窗聆竹雨，续露品茶青。幽竹丛中憩，松涛树下听。
观潮弄舟楫，踏雪觅梅婷。起舞弄清影，卧原寻百灵。
酒酣诗兴起，晨露伴蝉醒。剑琴箫合璧，挥毫山水屏。

金钏儿（平水韵）

情性少年香雪戏，半推半就半嗔吞。
金簪有意争仙髻，怎奈烈刚催命魂。
前路无望含泪去，玉郎可恨复心猿。
花飞尚有怜嗟祭，人殒无常无了痕。
道是多情浮薄性，一汪井水半池冤。

尤三姐（平水韵）

一腔痴爱等湘莲，两剑鸳鸯示凤缘。
本是风情明月景，却招残荷听蛙咽。

第八章 深思言

凝眸何识性情烈，枉听也叹尘世煎。
相见匆匆还是散，香魂一缕印贞全。
恨余枯柳守青烛，悔促消磨此世填。

晴雯（平水韵）

芙蓉女子动容迷，病补雀裘心若溪。
憎若冷眉锥额指，嗔拳对月把扇撕。

香菱（平水韵）

菱角春苗暗香袭，风波弄影断肠剂。
平生际遇无情客，金桂横秋拆架支。

紫娟（平水韵）

姐妹情深顾怜惜，浮萍无靠蜓随居。
守来虚泪愁无尽，空盼真情解梦痴。

颦儿（平水韵）

颦眉对月月惭昏，凝泪问花花失魂。
情陷巫山心受困，绛珠含露入仙尊。

鸳鸯（平水韵）

金心秀口水葱灵，窥破野鸳商调停。
尽节拒强身如玉，只形单影始安宁。

袭人（平水韵）

云雨情痴玉为主，红巾藏枕侧身姝。
苔花争惜无颜色，一袭清香枉作奴。

第八章 深思言

俏平儿（平水韵）

兰心惠质巧身安，花陷尘泥暗斡旋。
萤焰飞星长夜里，华消形散亦黯然。

九张机

一张机。小镇一晚春风归，玫瑰不开丁香味。
沾星带月，凝霜含露，怎不惹人思。
二张机。农园篱笆小桥西，啤酒葡萄正花媚。
静开栀子，比飞蝴蝶，纷乱入眼迷。
三张机。白云绕岭半肩依，卿卿我我誓相契。
清风半徐，一轮浮日，扯作千缕丝。
四张机。秋风拂叶飘零垂，疏枝瑟瑟凭空弃。
交织爱恨，死生回转，化作护根泥。
五张机。春秋十载妄相期，闲愁两地空悲切。
三番清冷，一腔衷愿，却向谁人提。
六张机。青春年少已无几，可怜未老发先溃。

离桥幽竹，小村水岛，明日诺成廌。

七张机。流星大漠望痴痴，小院蔷薇香浮鼻。

倏而远近，相思袅袅，惶恐待月晖。

八张机。多情自古别离悲，镜花水月空洒泪。

浮云苍狗，沧桑一世，相见更无期。

九张机。雨打蕉叶两江霏，想思尽惹归无计。

那堪回首，遥相隔绝。颤笔寄相思。

年轮（平水韵）

初窦青春月晕词，中年静听雪禅师。

老来闲等雁鸿过，捎带乡情寄故知。

人情（平水韵）

理事梳心性，量情礼序行。五千年往事，不外道关情。

第八章　深思言

怅（平水韵）

听水寻花影，看山等雨蒙。
景明人不在，只好怅清风。

夜读（平水韵）

夜读诗书品圣良，月悬北牖伺茶香。
万千楼外繁华烁，不抵尊前字两行。

大学（平水韵）

明德为何德，静安可虑得。三纲道当先，八目周天识。
曾子十篇传，文公著新墨。文章刀剑芒，一语三朝惑。

空灵赋
KONGLING FU

心境（平水韵）

水中看月月还天，心境如波海纳渊。
瘦月千波犹饮尽，古今可否寸心悬。

年华叹（平水韵）

一年点滴风华逝，虚看光阴犁皱纹。
新岁只关童稚事，老来得过闷胜欣。

思去岁（平水韵）

流年去岁掩芳华，无改初心奋笔划。
惟怯殃殃浮日过，步迟原地井中爬。
感恩一路扶携守，骤雨狂风闲当车。
惜岁更应惜当下，此时奋发早生芽。
时时勤勉如斯日，追掠新晨匹晚霞。

第八章 深思言

八具（平水韵）

德沛廉忠善念求，阴阳智透慧根谋。
栋梁才俊济民众，见识达通江海游。
气壮山河慷而慨，境悬万仞定心修。
性随兰竹品高洁，情拟金坚痴守柔。

律（平水韵）

墙蒿借势藤牵树，向日园葵冬蛰虫。
榠月阴晴潮汐动，涧云散聚疾徐风。
河流东海雁南北，山叠层峦仙雾蒙。
万物皆随波律动，人无敬畏善难终。

忆流年（平水韵）

峰云痴幻百千容，落落长河径自东。
莫道流年无忆处，层波逐次数英雄。

繁星落寞见穹静,朗月清晖万里同。

历数平生姿意事,年过不惑恍如风。

棋奕（平水韵）

风起萍端道入棋,繁星似子奕中痴。

自称将相聪奇士,黑白分明掌股移。

结石（平水韵）

冥冥顽石腹中结,不忌辛荤乐饕餮。

今夜翻江还倒海,可能佛谒泼猴逃?

无题（平水韵）

聩耳闷雷驱翳散,月摇波浪引诗骚。

东风犹洗千山碧,静寂花开汇怒涛。

第八章 深思言

逝（中华新韵）

静坐观云幻世俗，盏茶几续味犹足。
故人倏瞬心头过，始觉光阴草草无。

醉相逢（平水韵）

蜀水巴山语不同，西窗夜雨难相逢。
小楼梅映盈盈月，江畔舟零瑟瑟风。
此语已成心里怯，才疏故友话西东。
经年沉闷伤心酒，笑意轻轻睡梦中。

南乡子·夜归人

寒榻被难温，无酒无棋月隐痕。更有惊鸿催晚菊，纷纷，怎将愁容纸上陈。

还有夜归人，缕缕飞花洗俗尘。不问将来心如坠，昏昏，宿命何知又几轮。

圈里生活（平水韵）

圈里乾坤别样红，晒游晒席晒青葱。
芸芸生活掌中宝，摇取新年福满瞳。

也作送瘟神（平水韵）

如魔口欲泯人性，盛世轩然起乱流。
惊看逞威魑魅数，江城庚子虐遭周。
宅家起坐夜追问，远近人情乡路悠。
呜咽长江黄鹤隐，晴川笼雪月湖愁。
白衣含笑驱瘟瘴，蓝盾巍然筑郭沟。
旬八仁贤拨迷雾，娇妍巾帼拔头筹。
四方援鄂一声令，六日平空起院楼。
十四亿人齐动作，静心寡欲把身修。
聚来万众志磅礴，待取福春盈九州。

第八章 深思言

如梦令·居家时光

睡榻辗翻无数,醒目阳台几步。
试问读书人,春景有无虚度。
罔顾。罔顾。明日依然如故。

居家斗疫(平水韵)

己亥生虫乱,新春鼠作痈。
窗前阳洒扫,仍觉雾霾浓。
行到厅台处,惊看疫疾踪。
警车鸣邑笛,心塞又几重。

沁园春·战瘟神

亥子初交,鼠盗虫蛰,江城含悲。叹泯丧人性,壑填口腹,贪痴嗔昧,扁鹊难医。鸲鹆獐蛇,嗜阴好腐,蜇伏藏私皆毒糜。看蝙蝠,倒悬窥万物,利刃身持。

空灵赋
KONGLING
FU

　　九州联袂同师,一令举,胸怀家国齐。看白衣天使,逆行赴难,全民皆律,隐迹仙居。老骥雄心,雷神霹雳,大爱无疆戎甲治。只待得,习习春风度,万里清晖。

空靈賦

KONGLING FU

现代诗

空灵赋
KONGLING
FU

第一章

工程赞歌

第一章 工程赞歌

攀 登

曾经,我们也双手抚摸这静默的钢筋

流下无言的泪

有时是为了消逝的爱情

有时是为了遥远的家人

有时只是为了一只比自己还孤独的小鸟

多少次我迷失了繁华

在灯火辉煌中找不到家的钥匙

孩子看到我黝黑的面孔

在妈妈地催促下也不张口

但我们还是尽力地微笑着

痛苦时就对着旷野大声地呐喊

劳累时就背靠电杆静静地睡去

亲情浓缩在电话的问候里

家人团聚在贴胸的照片中

有多少次魂牵梦萦的离别

就有多少个荡气回肠的骄傲

空灵赋
KONGLING FU

有多少个风雨飘泊的足迹

就有多少个引以为豪的故事

再高的垭口也踩在脚下

再深的峡谷也从容跨过

越是在这无人的地方

我越要歌唱

号子声穿透四野八荒

劳作的愉快浸透四肢

群山，被我们征服

大河，被我们跨越

天梯，从我们的指掌之间蔓延生长

其实收获的不仅仅是那些

更重要的是登攀上那更高的人生海拔

不为他人，只为自己老的时候

细数过去的岁月

能填满回忆

在睡去的时候也能露出满足的微笑

第一章 工程赞歌

跨 越

我来的时候,这里除去荒芜

就是寂静

我走的时候

天堑通途,巨龙飞舞

其实许多传说我们都实现了

比如说

这山与山的距离

涧与涧的跨度

心与心的沟通

白天,马达声声、机械轰隆

我们用知识和激情描绘一个未来

黄昏,我就坐在这山冈

遥想我的先辈们用手刨

用肩扛

用汗水和泪水涂抹他们的梦想

其实在夜晚,我们都做同一个梦啊

天路蜿蜒,火车铿锵

那些不同地域、不同肤色、不同语言的人

在你双手托起的天路上驰骋

那种感觉，扎透积攒许久的寂寞

在脸庞上留下一抹淡淡的幸福

洞　口

眼镜在梦呓

含糊地念着坐标进尺

书生盯着手机

看忽有忽无的信号

刷屏明天天气的消息

他们不关心尘世

不关心桃花

只关心

明天的蔬菜粮食

关心这悬崖峭壁上的帐篷

是否会遭遇泥石流的侵袭

关心此时的太阳

会突然被云彩遮蔽

第一章　工程赞歌

掌子面越来越深

阴暗一点点堆积

他们越发喜欢太阳

越发迷恋地面上的小憩

大地布满童话般的景致

山茶怒放

马莲疯长

云雀竞献歌技

甚至蚂蚁

在轻风地掩护下

也成群结队开拔

远方在哪里

诗在哪里

三年五载的愁绪

如云雾把谷口填溢

四野八荒的孤寂

如锥般把山扎个透亮

躁动的青春砰砰作响回声悠长

惟有这洞口

接纳他们的悲怆和心事

惟有这山口

承载他们的信念和足迹

古铜色

在烈日下奔波

毛孔渗进太阳的颜色

厚重健康

太阳是位出色的画家

要不怎么把山川河流阴阳相间

把春秋冬夏四季定格

我也是个画家

我画我的房子

我的铁道桥梁我的专用线

我也想在太阳上画下我的梦

画笔直的天梯随阳光生长

第一章 工程赞歌

我奔走了那么久

一直在寻找高山的缝隙

背阴的泉水

找到一条能通往远方的坦途

山茶花那么艳

泉水那么清

我的脸庞也应该那么艳,那么水灵

我会将大山合拢

将涧水逼出它隐藏已久的谷地

把它交给谷物禾苗

但我无法留住自己白皙的皮肤

把它交给我的爱人

太阳把它的青春肆意涂抹

古铜色

我这么年轻就已经拥有

似乎

这也是一笔不菲的财富

我又要走了

我又要走了

身前是一片黄昏下的征尘

身后是一双含泪的眼睛

朦胧了夕阳的眺望

拐过楼群的视线

宛如一柄利剑

追逃着一颗歉疚的心

满不在乎的表情下

掩盖着转身的犹豫和踟蹰的脚印

在坦荡的北高原上

我去种植巨大的温馨

把安详的梦留给

那么多从不相识的人

所以我又要走了……

第一章 工程赞歌

留给你的是只有带着汗渍体温的空气

可是你要坚强

用你的目光支撑我踏上征程

在我的前方

有一片片寂寥空旷

等着我去栽种温暖栽种希望

但我永远记得背后

记得有一棵挺立的白桦

和脉脉垂露的目光

我的同事

我的同事

他们是一群平凡的人

为生活而活

为岁月而歌

眉目间掩不住劳动者的锋芒

面颊上刻着岁月的沧桑

他们是一群真诚的人

为建筑而美

为诚信而真

工装下掩藏着质朴和荣光

指掌间弹拨着时代的刚强

他们是耕耘者

用一粒粒汗珠

中和水泥和沙土

将芳华根植于深壤

在大山的腹地

流水的尽头

用信念交出沉甸甸的果实

他们是匆忙的行者

始终拖着行囊

把家人的亏欠和思念

无数花前月下的情愫

悉数叠装

辗转奔波在下一个下一个路口

他们是创造者

乡村因他们而通达

城市因他们而鳞栉

第一章　工程赞歌

山川因他们而美丽

大河因他们而柔媚

他们是速度的创造者

他们是激情的创造者

他们是宏伟蓝图的创造者

他们应是伟大的……

脚手架

（一）

像文章的引子和楔子

脚手架只是高楼拔地而起的铺衬

我不善于修辞

比如把它写成五线谱或者竖琴

那么那些攀爬的兄弟就像一个个蝌蚪状的音符和键盘

从劳动的定义

从地面仰望的角度

从房主们关心的程度

我应该感到骄傲

毕竟也是大众瞩目

我不关心它的高度

只关心它的骨节是否牢靠

不要像母亲的关节一样

脆得像风干的白腊干

穿行于其间

没有觉得什么自豪和高尚

与日俱增的是担心和恐惧

我深深地知道

自己也是这铺衬的一部分

如果将我的身体剖开

会不会也像这纵横交错的脚手架

枝节万千

每一个肠道和器官都很规整

它们相互咬合，密贴

在小宇宙里各司其职

这样的布局

使我很安心

第一章 工程赞歌

不再让我有时时掏出一部分
看看哪个部位有了堵塞和位移的疼痛

站在脚手架上
肯定有人也梳理过自己的身体和思想
他们想到的或许是亲人的容貌、身体和器官
每踏出一步
都把自己系得更牢

（二）

在自己制造的迷宫里行走
我从不迷路
因为我的人生信条简单而纯粹
管路纵横
还有许多断头和盲途
我只是专心地走
从不顾左顾右
指引方向的
有北斗和启明，牛郎和织女，她们在绿挡网的缝隙间

或明或暗

比妻子的笑容灰暗

比孩子的眼睛灰暗

白炽灯一串挨着一串

提示着人生的路口

要小心啊，我们输不起

悉数把这些转弯和拐角记在心里

谨小慎微地行走

在这上有老下有小上不着天下不着地的逼仄空间里

不能有丝毫闪失

有谁知道

瓦刀在阳光下和灯光下会泛出不同的寒光

阳光下明亮而轻快

灯光下青冥而阴柔

一把刀诠释了雌雄宝剑的灵气

有谁知道

焊花在夜晚的爆裂之美

仿佛囡囡挥舞的烟花

有谁知道

我在不停地攀爬和登高

就是要把与日俱增的乡愁

挂在塔吊的大臂上称一称

把与日俱增的思念

挂在弯月上

月圆的时候,就会拖钩

掉落在家乡的麦场上

砸醒睡眼惺忪的黄狗

它会不停地叫

不停地叫

(三)

在上升的通道里

时间、物质和空间

缺一不可

扣件连接的世界

是没有维度的空间

上接着宇宙广袤

下透着世态炎凉

时间在物欲的催促声中

滴答作响

有谁

不是活生生地跪倒在生活的面前

然后再假装清高呢

将自己捆绑

我所有的呐喊都抵不过一缕风声

这沉重的十字架

分别挂上我的头颅

躯干、四肢和灵魂

就让我俯视一次

这人间大地

从而能原谅这个一直仰望的世界

或者躲在岁月的缝隙里面壁思过

于自身反思世间的罪

等到几百次太阳照耀

等到几百个黑夜加持

在下一次月圆前变身

肉身浸透尘世的斑斑铁锈

心灵

洁净得无欲无求

新时代的旋律

伟哉，我的祖国

这是春天的韵律，萌发自神圣的古老东方

这是时代的旋律，在神州万里山河起伏跌宕

这旋律——是改革开放的滚滚春雷

翻开了中国最火红绚丽的篇章

这旋律——是新时代发展的盛世朝霞

洋溢在奋斗者脸上发自内心的幸福和荣光

今日，岁月生辉的时刻

我站在高扬的党旗下

合着《国际歌》的恢宏旋律

伴着四十年改革大潮的雄壮节拍

放歌激情燃烧的岁月，把这新时代的旋律一同唱响

春　雷

党的十一届三中全会的春雷

复苏了改革开放的萌芽

南巡的"春风",吹沸了神州,吹绿了海角天涯

中国迈开了气吞山河的新步伐

是深圳的经济"快马"

焕发出勃勃的生机和活力

是"中国特色"理论,给锤头和镰刀镀钢淬火

给炎黄子孙一个新的视野和崭新回答

在"解放思想,实事求是"思想路线指引下

十四亿人用全新的姿态迎接全世界的检阅和问答

春　风

党的十八大春风浩荡,吹响了深化改革开放的号角

时代的旋律激昂着美好的中国梦

奔小康的步伐蹄疾步稳

历史的画卷,在砥砺前行中描画

时代的巨轮,在勇往直前的奋斗中扬帆起锚

"五位一体"总体布局,"四个全面"战略布局

描绘出中国灿若朝霞的明天有多么美好

"一带一路"倡议,"命运共同体"构想

是炎黄子孙的骄傲,更赢得全世界喝彩

不敢腐,不能腐,不想腐,从严治党永远在路上

一步一个新起点,一年一个新飞跃

中国力量越来越强越磅礴

"抓铁有痕""踏石留印""使命担当"

一步一个新台阶,一年一个新跨越

中国道路越走越畅越宽广

春　潮

党的十九大春潮滚滚

新时代旋律鼓动着

"中国特色社会主义"的改革浪潮

一个划时代的政治宣言和行动纲领光芒四射

胸怀全人类,放眼全世界

印刻出新时代的清明,新时代的航标

十四亿人凝聚在信仰的旗帜下

"撸起袖子加油干"

任谁也阻挡不住中国隆隆前进的步伐

中华复兴路上红旗猎猎,波澜壮阔

中国人民迎来从站起来富起来到强起来的伟大飞越

看！一轮红日——在东方地平线上升腾喷薄

中国在世界社会主义发展史上树起丰碑一座

壮哉，央企脊梁

春风化雨四十年

是党领导全国人民波澜壮阔奋斗发展的四十年

是党建引领国企改革发展奋勇前行的四十年

更是中国铁建披荆斩棘"脱胎换骨"的四十年

浩浩长歌，渺渺征程

祖国啊，当军旗与眼泪一起滑落的时候

一个军礼，一把薪火，我们又踏上了新的征程

从此我作为共合国的长子

在你的庇护下

茁壮成长为顶天立地的钢铁脊梁

铺路架桥，把深沉的爱埋藏于这片土地

用钢筋铁骨去雕塑这美轮美奂的山河高冈

纵横捭阖，闯过市场大潮的惊涛骇浪

把火红的旗帜插得更高更远，迎风飘扬

当我身处异国他乡

黄皮肤人有了被人更加尊敬的名片

第一章　工程赞歌

东方人更能感受到民族的尊严和自强

一个可以依靠的坚实臂膀

一个可以挺身而起的钢铁脊梁

此时,我更热烈地思念我的铁建

她是我们前行的灯塔

是盼我归来的海港,是我们的根和魂,

威哉,我的局

在"一带一路"地引领下,从此不再偏安一隅

二十一局的荣光

也在这改革开放大潮中迸发出新的光芒

经历了整合重组的涅槃新生

丝绸古道上冉冉升起一颗耀眼新星

南倚黄河,北偎仁寿,扼西部之咽喉,守丝路之中坚

携着塞外雄浑之阳刚,吞吐黄土高坡的风霜

承载中原历史的雄壮,信守母亲河宽容接纳的情商

蹉跎岁月,长行重轭,多少风雨历练终成西北翘楚

威在斯局!一年一大步,经营规模快速攀升

经营布局,星罗棋布,群雄逐鹿

走出国门,辐射海外,金戈铁马,剑指苍穹

看,在贝尔格莱到布达佩斯的钢铁大道上

有战旗在高高飘扬

壮哉斯局！一年一飞跃，产业结构更加完善

首屈一指"五特五甲"

栽下地产行业的一棵棵"梧桐"

刷新一项项空白

高桥长隧，高原沙漠，高层建筑，敢上九天揽日月

站场枢纽，立体交通，四电集成，巧在心脏搭桥梁

奇哉斯局！匠心独具，何畏大温差、强风沙、高海拔

脚步跨越过昆仑的巍峨雪峰

在高原冻土上种植下殷殷希望

伟哉斯局！屏息倾听过长江的怒涛激流，低吟浅唱

蜀道何其难？只要肯登攀

气贯入江西，睥睨群雄，重走长征路

征服过大漠戈壁的荒芜

拓北疆，走西域，兰新铁路建丰碑，敦煌站改获荣殊

美哉斯局！彩云之南建通途，茶马古道写新篇

强强互补借力发展王师北定中原

再看那，南水北调天上来，砥柱大厦入云天

商合杭上立新功，齐鲁大地旋凯歌，再立青云之志向昌赣

曾记否，谁似大禹去，三过家门而不入

谁眼望故乡，怅然立长桥，洞口明月更苍茫

柔情满怀，铁骨铮铮

汶川、陇南、玉树、舟曲，救灾重建

彰显义不容辞的央企担当

子女就业、经适住房、精准扶贫

诠释了在前进道路上一个也不能少的企业情怀

在血与火地淬炼下

我们摔打出了不怕吃苦的实干精神，勇创一流的争先精神，团结奋斗的奉献精神

巨龙飞驰引时速，傲视世界领独秀

雄关漫道踏征程，铁建儿女竞风流

伟哉，我的祖国，壮哉，我的中国铁建，威哉，我的中铁二十一局

空灵赋
KONGLING
FU

第二章

心路历程

第二章　心路历程

我从山里来

那时，我也爬过山梁

顺着父亲马鞭指的方向努力地张望

山的这边是沟

山的那边宽敞

我就在山沟里成长

和村口的白杨树一起成长

和大黑的小马驹一起成长

和邻居的小妞妞一起成长

山窝里一排整齐的瓦房

那是我们启蒙的天堂

土生土长的老师

用方言把句子烙在我们的脑海

那口上课敲打的老钟，至今仍在耳边回荡

我们从山上砍来柴火

在凌晨的教室里燃起希望

我们从涧内抬来泉水

把后园的杨树浇灌培养

我们在山顶看马兰花怒放

骑着枣红马一起欢唱

我们像一阵风

从山梁刮到山底

又像一群羊

从山底飘向山梁

总有炊烟从山底升起

总有呼唤从山底传来

总有或明或亮的灯光

指引着我们回家的方向

山路弯弯,我们走啊走

终于走出了山洼

走进了我自以为是的天堂

驮　筐

捡牛粪的驮筐

总是吱吱哑哑地叫

我总是攥在母亲的大襟袄

下山累了

我就在吱吱哑哑的音乐中

在牛粪上做我的梦

那是童年最惬意的摇篮

总是把我

从山尖摇到云端

从清冷摇到火炕

成　长

同桌女生姓赵

写字的时候

不允许我的手肘碰着她

在桌子上

用刀片划了一个分界线

从此后

我对女生

都有了戒心

在西北出生

在西北出生

我结实得像一枚成熟的番瓜

心眼实诚

像一颗刚刨出地的土豆

饱含热情

像风摆的麦浪

些许腼腆

像路边的狗尾巴草

可我不敢跟苞谷作比

它有沉甸甸的头颅和思想

这个

我真没有

图形人生

四十岁之前

我一直在磨炼

第二章 心路历程

把自己从锐角

磨成钝角

从钝角又磨成椭圆

四十岁之后

我又开始忙着修炼

把椭圆修成钝角

把钝角修成锐角

那些直角的边沿

这些年都被我当做依靠倾覆了

那些尖角蕴含的锋芒

这些年也被我当成柴火烧尽了

如今看得见的

都是残缺不全的锯齿形

比如牙齿

有些变成了地中海

比如发际

许多东西都瘫在了一起

毫无形状可言

乡 人

能喊出我名字的乡邻

已经越来越少了

以前他们都是蹲在墙角

叼着烟卷

披着皮袄

在阳光下谈论当年

递烟给他们的时候

总是先露出黄色的牙齿

用乡音响亮地喊出我的乳名

那时我还记得自己的来路

当然更懂得珍惜光鲜的生活

走出大山的不易

可如今

他们大多都不在了

回乡后

很少有人认出我

更难得有人叫出小名

渐渐地

我觉得自己失去了纯真

似乎忘了初心和来时的路

不知道

这算不算是褪色和迷途

想回到过去

想回到过去

看看走过的路

和爱过的人

绕过那些不可名状的情感

让彼此都珍视幸福

想回到过去

修补那些懊悔的冲动和过错

温暖那些冷陌的眼神

冰冷的拒绝和无意的伤害

让回忆里再不会有生硬的告白

想回到过去

陪伴那些现在已无法陪伴的人

哪怕是听他们絮絮叨叨

让那些曾经自以为浪费的光阴

沉淀为永恒的记忆

想回到过去

再穿起缝满补丁的衣服

吃一次放学路上冻得生硬的干粮

以前的苦涩和窘迫

为何全是爱意拳拳

如果可能

当时就会感恩

不致于用青春的莽撞

经常无知地去刺痛苍老的面容

想回到过去

哪怕再听一堂课

要认真背下那些曼妙的诗词

和自以为毫无用处的修辞

也不至于像现在一知半解

苍白平庸的精神境界

可总归是回不去了

记忆不会填补那些空白

只会洞开

除去后悔和无奈

那些失去的

再也无法回来

羞愧之心

我自觉已没有了羞愧之心

否则，面对每日三餐

为什么一点也不会想起

小村，躬耕的亲人

我甚至怀疑自己

能否分辨得出小麦和燕麦

马莲草和黄花菜

判断得出云彩昭示的天气

见到乡村的人

打心底里,还有几分亲切

但更多的是怜悯和俯视的快感

更多的是体会他们廉价的尊重

几十年了

我无耻地消耗着粮食和蔬菜

穿品牌的衣服、鞋子

腕脖间挂满媚俗的珠串

它们都来自名贵的木材

却被我浸泽地充满铜臭

生活的浪潮推波助澜

我也习惯了,随波逐流

精心地把皮囊包裹起来

却把灵魂丢弃在荒郊游荡

无处安放

今夜

面对着白晃晃的月亮

翻看过往

忽然有一丝愧疚涌上心头

第二章 心路历程

灵与痛

傍晚的时候

体内的结石会隐隐作痛

它在逼仄的空间里蠕动

追问自己是否存在多余的油脂和贪欲

像早产的婴儿

急欲冲出襁褓

疼痛催生存在感

它让我找到活着的意义

再晚一点

体内的灵感会隐隐雷鸣

它会拎着一行行文字走来走去

像苦闷的呐喊

冲出喉咙

灵感催生想象

它使我找到活着的乐趣

等结石归于平静

灵感归于虚无

我便是一位分娩后虚弱的母亲

眼光中都是拳拳爱意

空霊賦
KONGLING FU

第三章
情感浅唱

第三章 情感浅唱

祖

我敬仰我的祖先

在我的生命中留下符号

在我容颜上刻下印记

坐在坟头

用方言和他们攀谈

他们宁静而安详

我说的可能有许多他们已无法听懂

而他们所说的往事也在家谱上才有些记录

但这没有关系

我想他们能原谅我的喋喋不休

离我最近的奶奶

怀抱我给我留糖吃的奶奶

拉我的手让我听话的奶奶

眼迷了给我舔眼的奶奶

空灵赋
KONGLING FU

我强忍着泪水抚摸那些青草和野花

那里浸透了您的气息和汁液

散发着亲切和熟悉的芳香

怎样才能把你们一生的操劳和疲惫洗去

又怎样才能把我的忧伤和思念从眉宇间消除

希望这静静的交流

跨越时空，让每一个孤独和失意的黄昏

在你们地拥簇和注视下

不再彷徨

念

我忍住眼泪　来到你的面前

很长的日子不见

您慈祥的面容浸透我的思念

大襟对扣的棉绒袄包裹我的温暖

颤巍巍的小脚一直引领我走向成熟

在这样一个特殊的日子里，你走进我的梦中

又唤起我久违的眼泪和许多童年的记忆

第三章　情感浅唱

在您的生命中，唯有这小小的村落

和留下的深沉厚重的爱

善良和勤劳影响着我的行为

想您在兜中永远装有的冰糖块

想您过节剪出的美丽的窗花点燃我美好的向望

想您用马兰草编织我童年的梦

想您用青稞杆吹出的动情的民间小调

想您给我讲七仙女、傻女婿、扯大锯的童谣

您来了，穿过炊烟弥漫的乡村小道

只是在梦里进入这繁华的街市

但您还是准确地找到了我

这就是爱啊

我的奶奶

当我哽咽着诉说着想念

您依旧用粗糙的双手摩挲过我的灵魂

沙哑的嗓音呼唤着我的乳名

如果可以，我就这么沉沉地睡去

陪您走回那遥远的天堂之路

在这个阴雨的日子里

献上一束野菊花

用我思念的文字和您聊天

我念给您听

好吗，奶奶

纪念日

这个日子

我就想来到您面前

带上柴禾和成熟的果实

带上一捧您一辈子都没有收到过的鲜花

在青草地里点燃我的祝福和祈祷

希望您看到我渐行渐远的步伐不要生气

不要将搭凉棚远眺的姿态保持在我的梦中

我还应该带上孩子

曾经您念叨却没见到的小家伙

如今已经亭亭玉立

我会教她认识您的照片认识您的品行认识您的爱

她会记住在这个世界上还有一个人的爱永远延续

第三章 情感浅唱

俯首在您的面前跪下

我想您会高兴

孩子的出息会让您开心不已

这浸透您气息的土地啊

让我们安静和从容

我们都已长大，成家，孩子也在不断地长大

我能把我的见识和行走细细地向您诉说

带您走出您的记忆，只有家和这方寸的村庄

隔着一冢土

我希望您在天堂里

幸福地微笑

不管走到哪里

我们都在您地注视中

都在您地抚慰下

父 亲

我山一样的父亲

一直扶着岁月的犁铧

将勤劳和憨厚的品德一行行种下
我们是您怀抱中的小树
在您的皱纹里长啊长

父亲,像鹰一样的父亲
情愿将全部展翅的激情吸纳入胸怀
一点一滴地衔给羽毛未丰的雏儿
我们是您放飞的希望
在您的注视中飞啊飞

而今,我们都已长大
不论飘到哪里
哪里就有您的血脉流淌
把根扎在您一辈子想也没想到要
去过的地方
把那些淳朴和善良从山乡移植向四方
不管飞向何方
我们的心灵都会朝着一个方向
深沉厚重的爱啊
只能用翱翔展翅的姿态来回响

第三章　情感浅唱

红湾梁

父亲的铁锨

把父亲埋了

红湾梁的山凹里又多了一座新坟

锨把上还留有父亲的血迹

劳累了

使锨的儿子有时还靠着它歇一歇

我总是在梦里回到那个山口

听老鸹讲述小村的往事

看炊烟漫过山脊

扶田车从陡坡尖声落到平地

自始至终

没有听到父亲呵叱过我们一句

以前的以前

父亲就是站在梁上

看我们像看他的羊

一只只从县城往家赶

父亲是个沉默的人

总是有父亲的威严

我们都怕他

牲口们也怕他

父亲又是个健谈的人

讲到高兴处

总是一声比一声高

也免不了被母亲唠叨几句

可此时

我站在红湾梁上听

父亲的话语初时似乎有

可一声比一声低

最终淹埋在山风中

了无声息

底　蕴

谈起道路

总会想起父亲

生而劳碌，默默无闻

温良谦恭

用品行瞄准了孩子们道路的方向

谈起生命

总会想到母亲

十月怀胎，高天大爱

付出全部

用勤劳铺就了孩子们生活的底蕴

从此后

这世界

再无恐惧

给我一个机会

给我一个机会

和母亲坐在一个炕头

我们在一起唠唠家常

您拉着我的手

这时的我更像一个小孩

就在您的絮叨中

安然地睡去

而您却就着灯光

慢慢地把我端详

就这样看啊看

一直到天亮

给我一段时间

携母亲的手一起走过岁月

多少童年深重的记忆

在母亲的手掌中印刻

伸出手

摸摸我的脸颊

似要抚平我脸上岁用的痕迹

要赶去我睡梦中的恐惧

仿佛又回到了孩童时代

有了依靠

这静静的时光

给我最温柔的感动

第三章　情感浅唱

年夜平安

今夜,您将炭火燃到最旺

用醋水在坛石上浇起升腾的希望

唤起牛羊,接受新年的洗礼

今夜,您用一年的收成

磨成各样的供品

摆在月亮地里

点几炷袅袅的香烛

唠叨吉利话

举行这一年中最虔诚的祈祷

今夜,您用手指从儿子数到孙子

从大数到小

从得出的结论中轻轻叹息

让您忙里忙外的喜悦中

充斥着淡淡的缺憾

今夜

您准备全家人的新衣

空灵赋
KONGLING FU

准备全家人的希望

今夜

从您的叨念中我听到天下最真诚的祝福

平安是福

新的年景，新的愿景

平安是福

放风筝

母亲从未放过风筝

现在却经常保持着看风筝的姿态

用了数十年

不管风大风小

也没管天阴天晴

逐个把五个孩子放飞

手中已没有一丁点线

却总嫌风筝飞得不够高

第三章　情感浅唱

骨　头

摔倒了

母亲脆弱的骨头像风干的杨树枝

一断两截

在手术室的门口

孩子们都抖成一团

母亲却一遍一遍说

没事没事

金属的好，比我骨头硬

换了更好

冬　天

母亲有些担忧

担心下个不停后的积雪

无法清扫

年龄大了

有重量的东西都让她不安

有时候

轻盈的雪花也真的会堆积成重重的心事

这个冬天倒是暖心

知道孩子们都在外面忙碌

一直晴着

等孩子们回来了

一定要有一场大雪

三天三夜

这样

坐在热炕上

看孩子们忙里忙外

才觉得生活热腾腾

这样

才能扫去一个人深藏许久的孤独

第三章　情感浅唱

爱，越来越小心翼翼

清晨醒来

手机上有母亲深夜打过的未接

打过去

她若无其事地说

是按错了键

可以想象

她一个人在更深夜静的孤独

拨了号又慌乱不迭地赶紧挂断

我想起小时候

冬夜的寒冷浸透窗棂

不管她白天如何劳作

我只需要轻唤一声

她都会起来为我端茶倒水

而不管哪时甚至到此时

我从来没有感谢过她

觉得那么理所当然

而今

她手握电话

却生怕扰了我的清梦

爱那么小心翼翼

让我愧疚万分

孝

母亲把我带到了广场

那里充满了乡音和乡情

坐满了街坊邻居

父亲走后

曾经一度担心自己活不过冬天的母亲

如今是广场上最幸福的人

她似乎认识每一个晒太阳的人

不厌其烦对每一个人隆重地介绍

这个远方回家的儿子

用普通话和他们打招呼

用家乡话和他们寒暄

第三章 情感浅唱

你最孝你妈最有福

我汗颜地低下了头

可母亲满足地笑着

享受着乡亲的褒奖和恭维

我才明白

孝顺在老人眼中的真正含义

那就是你过得好

能够成为她的骄傲

宝贝，我想给你一个春天

宝贝，我想给你一个春天

让你进入绿草的心灵

在露珠中寻找到无瑕和晶莹

我希望春风和你窃窃私语

只因为你稚嫩的话语最能表达春天

你想种下一切

欢乐、巧克力、老师的表扬

还有最喜欢的玩具熊和圣诞老人

都会在你的梦中成长

我也希望

你能采摘到野花的芬芳

倾听小鸟的歌唱

就算是小虫生命的律动

也要善意地珍藏

我只想告诉你

只要种植就有希望

宝贝，我想给你一个春天

包括仔细的体会、自由的心灵和宽畅的胸怀

我想告诉你

人的来去

生命的轮回和万物的更替

告诉你日月的变迁和时光的珍贵

给你一个自然

让你自由自在地生长

其实你本就拥有

儿歌一样的年华

多像人生的春天

可是我忍不住还是想

想给你一个春天

包括属于我的春天

孩子,我要走了

走的时候

吻吻熟睡的孩子

宝贝,你是爸爸梦里的微笑

一直挂在嘴角

看你眼里的天真

真想用所有的柔情抱着你

宝贝,你是爸爸时时刻刻的牵挂

在无数个夜里填补我的无眠

这个时候,我应该伴在你的身边

与你一起放风筝,数星星

一起荡秋千

一起听神笔马良

你说，你怕大灰狼

因为它要吃了那些可爱的小羊

如果要听，一定要爸爸陪在身旁

柔弱的宝宝，让我如何不用生命去呵护你

你说，你很懂事

爸爸累了，你会乖巧地坐在身边

用你稚嫩的小手为我捶背

宝贝，你是爸爸的小棉袄

贴心而又温暖舒心

你已惯了爸爸远离他乡

可爸爸却越来越迈不开离家的脚步

一转身的犹豫

眼泪真的会流下脸庞

就这样，把你的照片放在桌上轻轻地看

心疼地抚摸，悄悄地亲吻

如果可以，我就愿一直守在你的床头

听你轻轻的呼吸

盖上蹬去的被

第三章 情感浅唱

然后,傻傻而满足地笑

致雨萱

我的孩子

每天清晨的第一抹阳光最美

我想送给你

傍晚日落前的晚霞最美

我想送给你

我想把我眼里的美都送给你

你难道看不出我注视你的深情

映射着我挑剔世物后发现美的惊喜

我的孩子

春天花开的节律最有韵味

我想和你一起聆听

冬天雪飘的意境最有诗意

我想和你一起出行

我想把我心灵的悸动和灵魂的震撼都与你分享

空灵赋
KONGLING
FU

你难道感觉不到我喊你名字的时候

饱含了我对未来所有的渴望和追求

我的孩子

我想把我已至中年的阅历送给你

让你在人生的征途上少走弯路

我想把这世间所有的阴谋诡计卑鄙低俗的伎俩

都向你和盘托出

让你在今后能明辨是非睿智从容

我想把对人生的思考和人性的善恶

都和你逐一探讨

让你有更远大的抱负和宽阔的胸怀

我还想把清风明月虫鸣鸟啾的憧憬

装进你的眼眸

让你有找寻快乐的能力和更高的精神追求

我的孩子

我想把我的世界整个都送给你

我想把我全部的真情都送给你

今天给你一个拥抱

第三章 情感浅唱

你应该能感觉到这些微僵硬的臂膀

永远是你的依靠

老 师

蹚过一条河

在人生的转弯处

我想起了你

慈祥地微笑微微地颔首

像是默许又像是鼓励

那些课本中提炼出的智慧开始指引我走向世界

我用脚步丈量自己的一方天地

在某个细节的演算中

我想起了你

各种逻辑在人生的道路上推理

从零开始,没有结束

你教会了我歌唱

而我却忘记你的名字

你教会了我写诗

而我却忘记写一写你

你教会了我太阳星辰的归宿

花开四季的缘由

还有

让我目视前方

走向属于自己的光彩大道

一直别回头

菩萨（致一位母亲）

母亲笃信人世的轮回

相信今生的善恶会波及子孙

总是用小心翼翼的善良

回馈于乡村四邻

每天

她都虔诚地燃起三炷香

在重复着同样的祝福语

她与菩萨的对话

第三章 情感浅唱

执拗而简单

可分量却异常的沉重

甚至

她许诺

会用自己的身家性命去换回孩子的幸福

你看她双手合十

双鬓斑白

不就是一尊菩萨

空靈賦
KONGLING FU

第四章
季节感怀

第四章　季节感怀

春天即将到来

春天即将到来

你准备好了吗

把一冬的行李晾晒晾晒

把枯萎的腰肢舒展舒展

阳光再热烈一点

妖艳的桃花就笑开了

她是这世界上最讨人喜欢的女子

当然知道春天男女的心事

这深黑色的土地

干涸得没有血色

一场春雨

就会淋开他坚硬的心房

这毫无生气的山的影子

横亘在视野里

冷默地找寻着自己的伟岸

只有春风的抚慰他才会荡起柔情

这奔波的河流

更加低吟浅唱

浪花劈开封冻的桎梏

妩媚成谁都不能抵挡的红颜

春天即将到来

炊烟在房顶都端正地站立

屏息倾听这生命倾巢而出的细节

春天即将到来

哥哥整理好农具

坐在田埂上琢磨农事

春天即将到来

让我们种植希望的种子

面朝阳光

春暖花开

第四章　季节感怀

春　天

这个春天让我想象

当嫩绿成为街景

我凝目远方

故乡麦的成长是否茁壮

母亲焦灼的眉头是否舒展成

柔柔的垂柳枝

父亲粗糙的手是否又在温柔地抚摸破土而出的秧苗

城市有开花的树

而父亲只用板斧

从老白杨上剁下几个枝丫

斜插入自己滴过汗的土地

春天就开始了

永远有多远

迎春花开了

短暂的幸福惊羡了整个春天

她曾听到过山风的呢喃

蜂蝶的诗词歌赋

百灵鸟的赞叹

在这姹紫嫣红的季节

开放开放

她是否也梦想过把这种美丽永远

然而，一切总会走远

十七八岁的少女来了

她的肌肤凝脂，身材婀娜，一路留香

容颜惊呆了所有见过的人们

男人的赞美

女人的嫉妒

在纷纷纭纭的世界

回眸回眸

她是否也梦想过把这种美丽永远

然而，一切总会走远

易变的还有心

在左突右撞中受伤和变形

清澈的眼神

第四章 季节感怀

在世事轮回中混浊

单纯的思想

在纷繁事理中复杂

绝美的爱情

禁不住鸿雁两地的穿梭

无尽的亲情

隔不住阴阳相间的痛苦

……

烟花灿烂,流星飞逝

岁月变迁,容颜易老

那些海誓山盟的约定

那些江山永固的豪言

最终都被雨打风吹去

留下的只是故事罢了

唯一不变的

是日日升起和落下的太阳

是天天踩在脚下踏实的这块土地

还有大爱无言

无欲无求

永远传承

春河醉

略有暖意

草色便张扬起来

这春日的河流

丰满了许多

甚至走路都有些喘息

远方一定有她久盼的人

温暖的怀抱

要不她去得那么急

心潮涌悸

略有醉意

人便轻狂了起来

这春夜的思絮

激昂了些许

甚至有些脱缰

远方一定有相思一曲

香魂一缕

要不他头抬得那么高

眉眼似迷

三月祝愿

这一刻,愿你温柔,漂亮

更愿你温暖,幸福

愿你被所有的人祝福

愿你被所有的爱拥簇

听春声萌动

愿你千娇百媚

顾盼生辉

这一天,愿你善良,贤惠

愿你家庭幸福

愿你有心思对花妆绯

有意境对月诗飞

立阳春三月

愿你红袖添香

比案齐眉

这一世

愿你安静，从容

愿你傲骨神闲

愿你兰心蕙质，德艺双馨

叹红尘苦短

愿你步摇清莲，无怨无悔

此时，每一缕风，每一片叶，每一首诗

每一颗露都是我的祝福

我愿看到你的美好

我愿看到你们的美好

我愿看到这个世界的美好

谷　雨

这个时候

柳絮被风弄乱了思绪

第四章　季节感怀

失魂落魄地游走

眼看谷雨就要来了

根还没有扎下来

看所有的花都在拼命地开

所有的芽都在认真地发

蠢蠢欲动的三月

谁都不会心如止水

竞相妖艳

一场透雨

农人开始写意

日子在吆喝声里丰润起来

而我无田可耕

只能在春雨后最亮的太阳下

端坐在最艳的那朵桃花之上

听布谷鸟吟唱

看日益丰盈的河水

从上游带来泥土翻新的消息

油菜花

我坐在山头

看父亲吆喝着两头老牛

用犁铧辟开山地粗糙的肌肤

把大地梳理成光鲜的垄沟

母亲紧跟其后

以无与伦比的默契把菜籽撒入泥土

歇晌的时候

一袋老旱烟就磕在田间地头

他们关注土地的眼光,就像看到了他们的图腾

山茶花开得最艳的时候

我就爬在山头

看母亲在田野里弯腰薅草

在山峦起伏中

那水嫩嫩的绿意

是画笔画不出的色彩

第四章　季节感怀

母亲身躯起起伏伏

那宽檐的大草帽定格为我奔涌而出的诗行

沿着回家的路

在山口驻足

六月的火热点燃了油菜花的蓓蕾

那金灿灿的刺绣在麦浪中闪出夺目的光环

妖娆成待嫁的新娘

一地黄花

那乍眼的金黄就盛开在我的瞳仁里

我们用甸甸的记忆抚摸这片土地

是谁用最笨拙的姿态绘就世间绝美的图画

是谁赋予大地这骄傲的色彩

又是谁赋予我这生命的歌谣

那劳作的身体就起伏在我的心里

与我的骄傲并肩，与我的辉煌与共

山楂树

嗅

山楂花的芬芳

我把整个春天都镶进了眼眶

遒劲的枝干怀抱柔弱的白衣裙

就此独享清欢

一切都与黄昏无干

与星辰无干

与暮色中爬上的那只蜗牛无干

与说多说少的话语无干

能否做一颗石榴

与你毗邻为伴

待我长出火红的心思

化解你心中那一抹淡淡的酸楚

第四章　季节感怀

雨

雨从遥远的地方来

沙沙地

轻轻地落

我在这个雨夜不停地思索

一些无聊的事

譬如，一朵花，一个春天的早上

一个字与字的纠葛

夜吞蚀了雨的清白

它们都从房顶上跳下来

满耳都是碎裂的声音

轻轻重重地砸在心上

又宛若迷途的孩子

如何奔跑也找不到回家的路

想象

一把纸伞,盛开七月的街头

能够遮挡雨,却抵挡不住一句问候

湿漉漉的不是衣裳

而是心起的涟漪

荷

(一)

端坐于你的手掌

我的盛开你熟视无睹

未语还羞

生长在闺房中的艳

等候一个又一个并蒂的传说

可这简单的日子

除去蛙声一片

谁还能来

哪怕是长篙划过

我也会将心事满满地托出

（二）

我是属于你的

包括影子

灵魂和唯一的记忆

一抹嫣红，也要对镜梳妆

满地淤泥

也要尽情绽放

你就是我的诗情

在残露拂阳中懒懒地小睡

不是最美的容颜，却有最美的风姿

打湿了记忆的画卷

清凉直抵心间

洪水暴雨及其他

总是在六月

听到洪水猛兽的消息

那些被囚禁于南方的眼泪

总是想在夏天找到夺眶而出的理由

它们把自己的悲情

归结于一只蝴蝶转圜的翅膀掀起的风

抑或一个孩子失手打落瓶子洒落的水

被抛弃般伤心

肆无忌惮地奔涌

全然不顾别人的口舌以及

这天堂般的美景

它们把自己想象成六月的短裙

被海的季风蛊惑着

卖弄风情

款款而行

全然不顾西部眼睛的妒火

和北方传来大旱的消息

这个世界就是这么迷离

想要的等不到一丝云彩

不想要的却倾盆大雨

始料不及

第四章　季节感怀

六月，编织的季节

六月的马兰花已经开落

但茎叶肥壮

我曾用它编织过童年的憧憬

一只蚂蚱的轻愁

一头骆驼的忧伤

一根跳绳的欢唱

那时候

我把编织当成梦想

用大山的青春装饰幼稚的心房

这个六月

我站在钢筋丛中

编织岁月的沧桑

一座大桥的雄姿

栉鳞比起的高楼

绵延厚重的大道

这个时候

我把编织当做技艺

把生活的艰辛编成福字

把平凡的工作织成锦缎

用劳动的韵律挺拔脊梁

最重要的是

从乡村到城市

我懂得了柔弱可以织就刚健

卑微同样可以成就伟岸

我懂得了坚硬可以折叠

峻险同样也可以舒缓

将怯懦的心变得坚强

让坚硬的灵魂变得柔软善良

让钢筋如马兰般生长

静待开放

第四章　季节感怀

麦

八月的田野

我灵魂的运动场

白杨树静静地生长

我的麦种

我最深爱的麦种

吸取祁连山麓精灵的雪水

绿色的成长一晃而过

生命浓缩为收割、幻化、重生的涅槃

麦离开故乡，来到脱胎换骨的麦场

记忆中

乡亲们聚在麦场

讨论城里人的生活、孩子的出息、地里的鲜活

说得最多的还是麦的成长

曾经的马匹，蒙眼仍不忘偷吻麦的额头

石碾转动，唯有它知道爱有时也是最沉的鞭打

它是生命最深刻的见证

麦又爱又恨

木锨扬起，幻化成最美的圆

扫把轻挥，抚摸过麦丰润的身体

哥哥半跪在麦场

捡拾的虔诚可以感动上苍

麦从田野来到粮仓

赤裸着丰满的身躯

媚惑了所有庄户人的笑容

沙沙作响细微的幸福

陶醉了整个秋季

秋的记忆

窗外的细雨

惊醒睡梦的车流

鸟啊，那些在清晨唤醒

山川与草木的精灵

如尘封的记忆

第四章 季节感怀

抬头，燕子工整地飞过

清脆的鸣声穿透秋的天空

镰刀收割不完的秋

密密麻麻的秋色

沉甸甸的秋实

双手合十，掬一缕麦穗

应该向深沉的大地深深鞠躬

细数田垅上走下的足迹

这个深沉的季节证明

春天是否付出了辛劳

站在山冈上，听秋风掠过

丰润的日子

在这细雨中

越酿越醇

叶 落

你走的时候

秋正浓，一地黄花

在寒冷逼近的当口

你选择剪去长发，独自守候

细小的情节如皲裂的伤口

在黑夜里深入骨髓地痛

掏空、撕裂般的苦

曾经有多少的温情满怀

如今就有多少哀伤和困楚

秋风扑面

陌生的长街上一个人怵怵前行

感怀被树抛弃的叶

扑向大地的怀抱

为何就不生出一丁点的恨

仍想着化做泥土养伤

来年继续栖上枝头

还是依偎着

牢牢抓住它的根

在暗无天日的岁月中将自己融化

这无私的馈赠

何曾后悔

第四章 季节感怀

九 月

九月

是丰盈还是消瘦

是得到还是失去

秋野空旷

秋风急促

叶是大树的一声叹息

荒草的一缕幻想

在坚守与逐流的纠缠中冲突

站立于枝头

它是寒风中不愿南飞的流莺

用颤抖填充脆弱的灵魂

细数流年

以及此生的幸事

短暂的回忆沾染厚厚的风尘

如风掠过

天空是鹰的天空

大地是果实的大地

哪里是属于我的秋

早知如此

何必无望地等候

宁愿跌落今秋

至少

还能被厚重的冬天雪藏

找到灵魂的归宿

关于南方的记忆

（一）方向

听不到太阳

在南方主宰万物的消息

草木的绿，肌肤的白

格外媚惑

第四章 季节感怀

一不小心

在高楼的丛林里

就会迷失了自己

跟着世界一起旋转

跟着雨伞一起缠绵

南方地图索引里

只有左右

没有东西

（二）冬天的冷

南方冬天的冷

吸足了阴霾的魄

可以透过骨缝

直抵心灵深处

趴冰卧雪北方的冷

从此不再是冷

终于明了

南方盛开的羽绒

并不是等雪来

因为终其一生

也盼不到纷纷扬扬的雪

在肩头胸襟留下亲吻

只有打开南方的窗

不断打听北方落雪的消息

(三) 南方听蛙

栖居于南方的第一夜

终生难忘

此起彼伏的蛙鸣

汇织成夜晚的交响

又像密不透风的网

颠覆你所有对夏的认知篇章

它们旁若无人

无所顾忌地唱

仿佛

它们是这里真正的王

第四章 季节感怀

这样的夜晚很长

任何一个来自北方的人

都被要求散去内力

调整内息

静静接纳这始料不及的侵袭

对夜重新考量

休想试着反抗

呵叱只会徒添悲伤

血脉逆行以至抓狂

轰鸣源源不息,甚至于不断聚集

顺着经络

蹦跳而入,裹流进腹

直下行至膝盖脚掌

这让我想起欧阳峰

是否也是被它们所伤

它们争先恐后地向你倾诉

似乎能够看到半闭半合的眼睛

散发出浑浊的微光

笼罩你的心房

鼓噪间

先单后双先领后合先抑后扬

一夏天的闷热

尘世中的爱恨悲欢

噬魂锉骨般

统统向你释放

后来的后来

你终于能酣然而眠

它们依旧叫

你却再也听不到

这时你已被南方清洗

归顺于王

（四）怀念

在江北

我又看到我栽种的葡萄

在架上畅快地和小雨对话

新叶子越发鲜亮

那些防腐木朽了

第四章 季节感怀

南方阴雨潮湿得霉变本加厉

生命和非生命的区别加速在两极分化

许多事超出了想象

时间过往

有的郁郁葱葱

有的业已凋零

五年之前我把土运上楼顶

九十九根方木

九十九株竹

把这里搭建成一个家

从此后

每逢雨季

心便生出牵挂

就像此时

在兰州的某个雨夜

却心潮起伏

怀念如葡萄藤般爬满了床头

忍住！像花蕾忍住开放

初夏，比春天更有欲望，更放荡不羁

风刮到哪里，哪里就有莺声燕语

三角梅攀到哪里，哪里就是花的海洋

以花的名义张扬铺排、摇曳、澎湃、动荡、恣肆

雨下过一次，眼洁净一次

醉一次，我的心也颤动一次

忍住爱，像花蕾忍住开放

春天的甜蜜还在身体里继续丰盈、鼓胀

可终究是忍得住啊

像樱桃等待嘴唇，像云雾等待闪电

迟早会抵挡不住波浪般的情愫

开放是必须的事

我已不再迟疑

哪怕是堕入一声叹息

空灵赋

KONGLING FU

第五章

心灵悸动

第五章 心灵悸动

对 饮

这个世界上

唯有你可以和我对饮

我可以把思想放在某些丢失的记忆里

把诗歌和岁月的眼泪滴落杯盏

我不需要洗去风尘

不需要用大把的鲜花装饰我的春天

如果你来

能否别一支半开的马兰

穿一袭动人的白色长裙

这个世界上

唯有你可以进入我的灵魂

我可以把文字装点得华丽晦涩

但却不能把心事藏匿于秋叶后

我不需要海誓山盟

我不需要用灿烂的阳光照耀我的征程

如果你来

能否用双手抚摸我的脸颊

轻轻地叹息,轻轻地慰藉

就如商隐的秋池浇开紫丁香的惆怅

渭城的朝雨沾湿王维的罗裳

我忧伤,请你用溪流般的眼神清洗我的伤口

我开怀,请你用百灵般的嗓音为我歌唱

如果我死去了,就请淡淡地哀伤

你可以把最柔美的长发埋在我的坟头

只用一杯酒慰藉一个灵魂

初始的圆满

半年的伤

沿着青藏线宣泄

试图把自己沉入青海湖的底部

将无数压抑的泪水在湖水里流淌

如果你是一尾鱼,总会在彼岸找到我的神伤

磕长头的信徒,环绕着圣洁的天堂

第五章 心灵悸动

心身合一的虔诚，让我感动得热泪盈眶

穿过自己的心灵

神都无法来救赎的错

让我如何原谅

惩罚自己，在这日日夜夜的守望中

失眠，憔悴，苍老

直至等到，雪山消融

一路向西

阳光照耀不到的地方

终年积雪

我是在无奈中等待山神的垂青

将那无数残留的记忆彻底从身体中抹去

就像雪崩般

把岁月重组

把幸福的碎片拼凑起来

回到那初始的圆满

农　　场

因为有一封信

是穿过农场时

趴在列车的小桌上写的

所以，农场与信有关

但终究

满眼的果树和铺天盖地的啤酒花

并不是农场的全部

缺的，是一个在黄昏

炊烟缭绕的小屋

还有一位永远穿背带裤的

女主人

虚构的空间里

精灵的眼眸与城市的气息

浸透那些瓜果梨桃

农场鲜活

以至于我把晚年的

憧憬，都根植于这

不属于我的小屋

就守一片土地吧

看种子发芽，开花，结果

甘愿守候

是因为永远有人

默默注视

叶

秋，好凉

晚熟的庄稼在山地里懒懒地生长

赤脚的孩子

在麦叶的纹理里舒展地奔跑

那是一个永远也做不完的梦

跑过麦穗，来到麦芒

冲天的刺，在阳光下怒放

比碧绿还绿的叶

比溪水还清澈的眼神

比桃园还美的地方

就在这里睡吧,宁静、祥和、波澜不惊

在卷曲的叶下安息

倾听风雨声穿过麦浪

划过那些隐藏的刺

压弯沉甸甸的果实

但我依旧能听到你拔节的心跳和

成长的呐喊

比宁静还宁静的叶

比岁月还耐心的抚摸

那种慰藉胜过泥土对根的情意

胜过春天的拥抱

月

月影弯弯

那瘦弱的灵魂

在广袤的星空很寒冷

这天的高度,河的跨度

第五章　心灵悸动

生命遗弃的完满的碎屑

会左右那些混沌中迸发的灵感

生来就不易啊

还要忍受通天彻骨的痛

就让沉睡的大地苏醒吧

哪怕是惺忪地一回眸

那些毫无价值的絮语

有时也可以填补心灵的空虚和无助的彷徨

其实我真的没有变

变化的是蒙尘的心灵

他们的高度看不到我丰腴的身姿

我也会窃喜也会明亮

这记忆与人类无关

他们的记忆只能穿透浮尘

我要的是长久

而不是妖娆在别人的眼眸中

可谁又能企及这里

点亮这圆满的光环

露

大地是个忧伤的女人

露珠儿是她淡淡的闲愁

不忍心拭去

就这么静静地任它滑落

单是为了等待

阳光啊

哪怕你一闪

她的泪就干

这一天的快乐，全都在心田

她每天都哭

他才每天会来

就这样

就这样

等他来的这一瞬间

第五章 心灵悸动

青海湖

走过日月山的风口

我终于看到了你的脸庞

高原的圣湖

那细柔的浪和波涛下的涌动

是你吗?心中最圣洁的姑娘

草场丰美

所有的牛羊都在听你的歌唱

投入你的怀抱

触摸礁石、沙砾,静静地倾听和凝望

感觉你思念的泪光和悠悠的叹息

在那咸咸的气息中陶醉、沉迷

你就是高原的明珠

装点落霞的晚妆,云朵的轻裳

你幽幽地低语

可以抚平多少忧伤

把最圣洁的哈达献给你

最动人的锅庄献给你

因为你赋予这块土地富足安康

沿着倒淌河的流水

我来到你的身旁

仙女的明镜,天上坠落的星

有着大海的宽广,却也有溪流的风韵

鱼儿肥美

所有的舞蹈都是为你而跳跃

那海天一色的湛蓝,深入心底的碧波

可以洗净铅华

你就是这地域的神甫啊

点亮山的伟岸,映红草原的脸庞

手捧你的清澈

滋润我的整个世界

把最灿烂的油菜花献给你

最虔诚的朝拜献给你

因为你是我最深情的向往

飞鸟留声

我会永远为你歌唱

第五章　心灵悸动

海

（一）

起起落落

我在你眼中的岁月日渐平淡

承受抚摸也承受咆哮

我明白这就是生活

日子很咸

幸福就在旋涡中打转

偶尔跳出水面

却沉沉地被痛苦摔打在礁石上

碎成一个个泡沫

这个世界上最真实的场景

除去一浪一浪的痛和一点一滴的恨

还有这黑色记忆

一直浸透皮肤，沉淀在心，

等待，那句不变的誓言

变成真实

海还是海

石仍是石

浪却不是那道浪

（二）

站在海风中

思念是搏浪的海鸥

这半世纪的欣喜

用记忆填补

小小的贝壳

托起海温情的面纱

深深浅浅的脚印

抚平又落下

海的呼啸承载着欲望

怀抱着群山无数

仍要不停地伐略征讨

把岁月填平

把沟壑填平

把陆地的狰狞和参差填平

把一颗衡量的心

第五章 心灵悸动

端成一线

把一些多余的风景

变成一线

想　象

听见风逝去

归还于黑夜的空洞

欲望是深入骨髓的麦芒

就停留在关节的细微处

左右肢体其实也左右了灵魂

我不再害羞

因为这夜的光芒将我眼灼伤

只能听到蚂蚁会用蚂蚁的语言

向世界宣誓，它们彼此相爱

直到下一场暴风雨来临

但我却只能用别人听不清的语言

找到心的朝向，它是背光的陶瓷

在这夜里散发出凄美的芬芳

看到花逝去

飘然入尘土的胸怀

无人注视这飘渺的最后一抹夕阳

给丛林留住的些许温存

让它们在梦中也有清澈的回忆

我不再难过

因为这流水的倒影让我从恐惧中醒来

一尾鱼真的有一尾鱼的清凉

一片唇与一片唇的撕咬

就可以翻动整个湖泊

毫不寂寞直到海洋

但我只能默默地想

心里的海洋涌起巨大的浪

奔向远方，它是海中的一片叶

在轻微呼唤中飘啊飘

你我他都无法听到

第五章　心灵悸动

恋

想碰触又收回的手

想搭讪又咽下的喉

是春风里的含羞草

懵懵懂懂

就是一只小虫的鼻息

引起痉挛般的颤栗

蕴藏生命的悸动和真实

晶莹而又迷离

怯懦而又坚持

是晨光里的露珠

楚楚动人

只有叶子

才懂那一低头的温柔里

满含欢喜和泪光

生命有另一种姿态

顺势而生

在这陡峭的岩壁上

不必像粗壮的松柏

它也难敌自天而降的巨石

不必像短浅的苔藓

它也只能依附别人的胸怀

就这样柔柔地绽放

踩着这天然的臂膀

傲笑在绝壁之间

其实生命真得有另一种姿态

不再乎你落在山巅还是洼地

需要的就是执着攀登的追求

需要的就是挣扎拼搏的勇气

在这绝境之中终究会创造出生命的奇迹

第五章　心灵悸动

念

无数次端详

地图上指尖般的长度

却遥不可及

坎坷丛生

念生了，又断

终究是一场空

无数次挣扎

世界上最熟悉的地名

余温犹在

心似潮涌

念断了，又生

抵不过一阵风

一个人的阳坝

一场雨的阳坝

风清雨澈

一个人的阳坝

灯迷街醉

不期想

人满为患的十月

邂逅了这份静寂的美丽

古镇有沉沉的忧伤

透过霓虹的笼罩

在等待峨冠博带吟诗的人

它似乎没有从白天的喧嚣中

苏醒过来

只是任慵懒的红韵

未整的流苏

肆意乍泄

招摇着我这个

第五章　心灵悸动

不知轻重的人

冒雨而来

青稞酒

别的酒

我都不想喝

要喝就喝青稞酒

掺着烈烈的家乡话

我才不脸红

才会让我醉得不顾颜面

对着祁连山

肆意地吼

大声地哭

殇

高铁上，有人忙着化茧

有人忙着成长

还有人忙着忧伤

时光匆匆,荒丘满眼

断续的信号

从骨头上锉下一缕缕惊颤和呜咽

今天注定是个苦闷的日子

生命的啼哭本该将黎明的黑暗扎透

极端幸福到极端不幸

原来只是转瞬之间

尘世中总有太多无奈

像窗外的风

卷起车轮凄厉的鸽哨音

远方的雪山

正酝酿着更凛冽的寒冬

待

我要的回答

你执意不给

墙角梅已覆

第五章　心灵悸动

窗外柳待飞

你说就像这一河水

如何浑还是水

这一缕风

再怎么轻也是风

这显而易见的都是真理

既而一声叹息

不再言语

变了吗

三月的桃花还在路上

独留残雪弄清影

一日只比一日萎

可有人迷在了雪地里

紧握着玫瑰

刺正扎进春天的某个骨节里

花

何日才别样红

或许

这一世

再也听不到

想要的回答

无　题

是谁在绿柳前为我饯行

脚下小草迷离

所有命运的丛林啊

总是枝戈横生

有花蕾更多的是荆棘

有流萤更多的是湿苔

别后的愁绪

更适于春天生长

这蹒跚的脚步是幸福还是悲悯

不忍细说

每个树芽都是引信

每一条河流都暗送轻波

每一朵桃花都似曾相识

点燃是一刹那的事

就在某个雨夜

北方沦陷之后

惦记着

远方却再无消息

一阵风

也曾仰望如水的月光思念

你同风一起

穿过摇曳的树林

赤脚跳在小溪水里

那些水珠被阳光祭起

斑驳在追忆里

恍如剪影

有时候

一阵风

除了叶的响应

似乎还有阳光的味道

青春的叹息

极　致

石榴花涂唇

红得惊艳

蔷薇花至荼蘼

素得宁静

夜晚忽略了许多细节

比如紫丁香的味道

藤缠树的余温

微凉柔软精致

有些美可以极致

就算把春天打碎

也不过如此

对清风的怀念

不知不觉

我们丢失了四季

第五章　心灵悸动

本来一颗青春的心

挣扎在利欲的囚笼里

过早地进入了黄昏薄暮

清风明月草长莺飞

鱼戏虾潜蛙声一地

星河灿烂夏夜流萤

遍野金黄轻霜重雪

都渐渐地淡出了我们的世界

既便是去那久盼的远方

也是轻车快马只为游历

来不及细细地体味触动

升华为心灵的体验

那些宗祖祠堂长幼礼数

民俗文化国粹经典

都在慢慢地退出

这个轻快的世界

高楼林立繁华物尽

古诗词却找不到安放的地方

再也找不到景情交融

灵魂的对白

精神的碰撞

物欲充斥人间

今夜月色如水清风如歌

我用诗歌作碑

怀念诗词

告诉自己

不要

恍过了春季

猫的猜想

餐馆里的一只猫

对着我喵喵地叫

丢给一块牛肉

它闻了闻

还是喵喵地叫

丢给一截鱼尾

它又闻了闻

仍旧对你喵喵叫

它是对诱惑不动心

还是有更大的欲求

真是猜不透

猫啊

我已倾其所有

你不能无动于衷

或许我可以将良心让你闻上一闻

是不是也沾上了佐料

这深的夜

这深的夜

让我更加怀念

那无妄的灵魂

晶莹的雪莲花和

穿肠而过的青稞酒

对比，这黎明前的黑暗和内心的暗

这夜尚有流星划过

但心里除却痛还有什么

这沉的夜

让我更加孤独

那些远景的幸福

眼前的烟圈和徘徊的文字

记叙了一个人的无助

当天放亮的时候

其实都只是一个梦

这浓的夜

让我懂得思念

那些保佑我的人

念叨诅咒我的人和

把我的名字刻在心上的人

我希望他们安详地睡去

黑暗也遮不住他们的笑容

这样的夜

被一种情感浸透

第五章　心灵悸动

子夜时分

子夜时分

遨游于诗的海洋

聆听自己想说

却被别人说破的心事

朋友千山万水而来

用同一种语言

诉说心情

在这漆黑的夜的世界里

我把自己打扮得花枝招展

用一盅酒

怀念李白

空灵赋
KONGLING FU

这个寂静的夜，
往事就在窗口轻唤着我的名字

这个寂静的夜，往事就在窗口轻唤着我的名字
生命中绚烂过的彩虹，燃烧过的容颜
在字里行间忽隐忽显
一转身很远
远得走向两个世界
一凝目却又很近
近得能听到鼻息和心跳声

这个寂静的夜，往事就在窗口轻唤着我的名字
沿着乡村的炊烟和羊肠小道
母亲的呼唤、疯长的麦浪、宽广的草原
低吟浅唱的小河和曾经骑过的高头大马
是一种思念
当城市的灯火阑珊胜过乡村夜晚的星星的时候
青梅竹马的小妹走出了视线
那种懵懵懂懂的成熟让人怀念

第五章 心灵悸动

谁在蜡烛地照耀下字斟句酌地写下动情的句子
谁又听到她的脚步声也会脸红心跳
重温那些读过书、听过黑豹的校园一隅
是谁将黑夜里的想象放大成太阳的光环
引诱我迈过青春的那道门坎

这个寂静的夜,往事就在窗口呼唤我的名字
在帐篷中企盼过的爱情
在荒原上的挣扎
在铁道线上一步又一步的行走
似乎都变成了空白,
十几年的历程在心灵中消失了
唯一让人感觉到的是时间的跨度和一种苍老
或许我们都是如此,不知留下些什么
却乐此不疲地活着
互相说着一些让彼此欣慰的话
却只为了这个空白的过程
再过十年,我不想还在寂静的夜里
听往事呼唤自己的名字
那时的记忆里还是一片空白

不完满

（一）

当所有的色彩幻化为耀眼的霓虹

相对于这沉沉的黑暗

是一种不完满

当百灵鸟的歌声在鸟笼中唱响

相对于这生机盎然的自然

是一种不完满

当怒放的花朵失却绿叶的辅托

相对于姹紫嫣红的美

是一种不完满

当寂静

冷落为不为人知的喧哗

当天籁之音

沉寂为线条般的符号

当春天来临

第五章 心灵悸动

我们却看不到

这是一种不完满

当身体,呈现这种不该来的遗憾

当生命,在这旦夕之间改变

生活之彩翼

是另一种不完满

其实,人本身就不完满

幸而

只是外表的华美与肢体的缺陷

心灵的飞翔

真的可以撑起一片艳阳天

如果可以

伸出你的手

通过平等友善的帮助

使这一切达到完满

(二)

如果给我三天的光明

我希望看到太阳,月亮

和妈妈的笑脸

如果给我三天的光明

我希望看到春天，雪花

和碧绿的草原

如果能让我奔跑

我希望变做风

将我的快乐四处播种

如果能让我听到呼唤、鸟鸣、流水潺潺

我情愿用我的豆蔻年华去交换

我知道

我与众不同

我的世界缺少自由的肢体

还有光芒、色彩、叮咚的音符

我知道

是花就有飘零的花瓣

是鸟就有折翼的遗憾

但我选择盛开，因为我的意志还有饱满的种子

我选择飞翔，只因我的灵魂还有另一对翅膀

天使给了我力量

哪怕是用牙齿我也要书写自己的诗行

残缺的美啊

将在这一刻绽放

良 心

清晨

我对自己产生了怀疑

那些忙碌的工作是否具有意义

那些所谓的快乐或是苦楚

是否是自己最真实的感受

把头深埋于水底

那些欢愉和烦躁暂可以离开躯体

如果就此洗去风尘

洗去过去,甚至洗去记忆

这个世界肯定会简单透明

中午的时候

太阳照在我灵魂的窗棂

那些赤裸裸的念头

都归于平静

阳光流动

我的血液鲜红鲜红

我觉得自己是一个好人

我甚至听见自己的言语

诉说着光明与希望的祈福

我有点被自己感动

而夜晚来临的时候

大地也披上了黑色的外衣

我借助月光寻找着丢失的过去

我发现自己已经无药可救

除去一些卑微的念头

和些许的梦

我做不出惊天动地的坏事

只能在梦里

看到自己最真的良心

砰砰作响

第五章　心灵悸动

棋　语

有些思想

不知不觉会占领高地

比如

忠君和护主

感恩并戴德

有些意识

不知不觉会走向死亡

比如

被围猎和舍弃

孤魂和冒进

一直想窥透

局之外的一些东西

除去纵横捭阖

深谋远虑

还有势

在强手面前

所有的伪装都近乎透明

所有的诡计都是自欺

你有的机会

只是别人的大意

惟有

小心地躲避陷阱

耐心地纠缠

谨慎、忧惧、深谋远虑

当然

在博奕中找到意义

即便不敌

也有了慰藉

新生代

下午六点以后

我准时出现在校门口

爷爷奶奶凑成一街

第五章　心灵悸动

看似散文

但都有一些逻辑连接着

嗡嗡地谈论着

兴趣特长和孩子每天的营养

校门打开

孩子们一队队闪过

一个个被牵手接走

没有家长来接的孩子

扎成一堆往前走

路上有三五棵树

还有几根狗尾巴草

谁也没去理会

仅有的蒲公英飞走了

也没人惊讶

他们一起陷入在游戏情节里

——高谈阔论

不时夹杂着火星语

新生代的世界

我有些不懂

守望麦田

城市里打工久了

那些租出去的麦田

在梦里长出了苗

麦秆比钢筋还硬

麦垄比街道还稠

麦子的高度

比鳞次栉比的楼房还高

麦粒的丰满

比日益膨胀的混凝土厚重

麦芒的姿态

比天天励志的口号锐利

即便是饮尽甘露

也抵不上深吸一口田间微风

即便是看尽繁华

也抵不上满眼麦浪翻滚

这纷纷扰扰城市中的霓虹

怎么样也填不平心中的沟壑

只有穿过城市

找到一处麦地

一眼剔去其中的杂草

坐在地梢

听麦拔节的声响

把自己异乡的愁对麦无言倾诉

心里才踏实许多许久

臆

金属接触肉体

总是催生不好的遐想

发出不好的声响

尖刀的光芒

内敛于纤维的缝隙中

划开一条血淋淋的路

死寂的冰凉

行走在温良的肌肤里

唱着一首血膻的祷歌

不像钢铁对钢铁

可以嘶吼可以断裂

不像落絮对微风

可以缠绵可以悱恻

更多的是被囚禁和剔除

更多的是逝去哀告或疼痛

甚至还伴有灵魂的泅渡

在某个时刻

仿佛感到有铁轮轧过身体

恐惧地死亡

当然

也有寥寥不屈不挠的誓词

在腥风血雨里默默流淌

切 割

有谁知道钢轨的痛

冶炼、锻造、轧制

涅槃重生的筋骨

第五章　心灵悸动

千锤百炼的勇气

却被钉在了道床上

不得动弹毫分

那些玩弄它的人

知道白天它有宁折不弯的暴脾气

选择在夜晚动手

因为只有夜晚

它们才会卸下伪装

那些被碾压的心事才会沉淀

那些紧绷的神经才会松懈

像对付一个狡猾的猎物

被一击而中

一声也不会吭

甚至连抽搐的姿态也不曾有

任由宰割

石头记

玉

这心上的石头

可以替代一座城

替代分别的痛

如果可以

我愿把一座山掏空

找出它的心

挂在你的胸口

从此后

总有山的怀抱

将你环绕

等呼唤的声音

在空洞里

回旋

鹅卵石

随波逐流了那么久

棱角都已磨平

磨平了棱角的石头

就不再随波逐流

第五章　心灵悸动

流水是个有野心的女人

每个她遇见的硬铮铮的汉

都要降服

互相捶打撕咬的日子

总是泛起太多波澜

许久以后

当你安静圆润地躺在她的怀中

她也会变得渐渐温柔

或许应该不必遗憾

与流水为伴

注定要收敛锋刃

那个在悬崖峭壁间顶天立地的梦想

终究成殇

五行赋

这个尘世，似乎金最尊贵

五行趋于一统

万木争荣

都冠以名贵

紫檀，黄檀，花梨

甚至连核桃

都长成了摇钱树

水不再以清白之名

辩白显得软弱无力

灌溉之水

饮用之水

都被金淘洗

土地是最无廉耻的商人

依属于房屋

疯狂地掠夺平民的财富

火走在人生最后的关头

死之前

也要敲其一笔竹杠

我看到这个世界

升腾起的雾

迷乱了普世的价值

我们向往远方的葱茏和绿意

有火一样的激情

眼前却被金迷离了眼神

现实是脚下坎坷的土路

像水一样地委屈自己

理想的彼岸

金一般在熠熠闪耀

感　悟

对于生活

有人的看法跟树叶差不多

随遇而安，四季轮回

有人的看法跟秋蝉差不多

喋喋不休，口诛笔伐

有人的看法跟野兽差不多

弱肉强食胜者为王

有人的看法跟田园诗人差不多

采菊东篱悠然南山

只是大多数人为生而活

都是攥着时间叹失去

真正活明白的

又有几人

我的看法

跟窗外马路上的那台机器差不多

看见不平

总要吼一吼

只不过它站在现场

我站在高楼

……

塔　吊

所有的城市

被塔吊占居了

它是土星派来的劫持者

负责搜刮地球的财富和民众的血汗

它们疯狂地复制粘贴

用灰色的垃圾

第五章　心灵悸动

把地球涂摸地满目疮痍

他们还用麻醉剂让所有人臣服

心甘情愿地受他的盘剥

不信你听

他们一直高高在上

发出桀桀刺耳的笑

判决词

没有一种文字

比它更冷

在严冬的寒风里

眼睛会即刻长出冻疮

读一行

心便凉几分

每个字都带有刀锋般的寒光

一行切去自由

一行切去职业

一行给身体和灵魂烙上耻辱

那些曾经荣光的履历

父母的骄儿

变成沉甸甸不可追忆的记忆

从此

噩梦会伴随余生

上山洗心

听一次他人人生过往

捋一遍个人苦乐年华

送别，即了断

道不尽红尘牵绊

从此后天命各安

默哀，即怀念

默想别人的好

哀自己的伤

下山，即还魂

真神不再

肉身重现

第五章　心灵悸动

每天都是这样

这个城市

每天都是这样

窗外的烟筒仍旧冒着烟

各种高楼不分四季在争着生长

有人出生有人死亡

也有人进入高墙

长河粼粼

波澜不惊地宣告

历史的洪流中少去几个不会觉得少

多出些许丑陋也不会显得突兀

打桩机仍旧在不停地杵

人类急需要新的栖息地

小房子真的已经装不下日益膨胀的欲望

银行二十四小时营业

时间紧迫

走正道真的会很沧桑

跪拜人在不停地祈祷

妄想用虔诚修补心灵的堤坝

一尊不够

佛不够

可以求遍所有的神

不是因为走投无路

而只是希望有捷径可走

其实每天都是这样

除了失去就是哀告

除去霾雾就是杂草

急迫且还无药

文　字

要努力，为了归集零散的时间

为了珍惜流年

为了不让自己沉溺于无聊和浅薄

试着高尚些

第五章　心灵悸动

即使玩也要拨响心灵的琴弦

文字当把件

旋转

拿捏

纹理舒展

个个鲜活

思想当桨

划向自己想去的任何地方

这是打磨增生心智的良方

这是让空虚灵魂包浆的密钥

这是洞开智慧的一条小路

临河而坐

临窗向河而坐的人

都很富有

拥有一段河流

包括她的激情和愁绪

还有四季的容颜

春日的舒缓

夏日的怒涛

秋日的静美

冬日的清冽

如果在窗户上

给她画一个羊皮筏

一支桨

每个夜晚你梦里都会横渡、漂流

在小岛上盖上木屋

再置上锅灶

我想你每个清晨都会捕捞、垂钓

别太贪心

即使什么也不画

一眼看出去

也会结实地拥有

何况她还是许多人的魂牵梦萦

临窗的人

总是得到抚慰和关照

因为她还有一个美丽而动听的名字

黄河

第五章 心灵悸动

醉

突然就被这月色弄醉

眩晕眩晕到吐

止不住

不吐出来就憋得难受

那些吃进去的风花雪月

苦痛

情分

四季雕刻的印花笺

微醺的红酒

高尚的白酒

全都喷涌而出

涂了月亮一身

清醒了

才觉得后悔

根本就不能渎

物 化

巍巍群楼
站立的姿势
诉说着它们坚定的主义主张
我差一点就被它们蛊惑打动
可能会物化成一具行尸
失去思考的能力
幸亏窗前一棵榕树
挡住了视线
那些风风火火的塔吊
黑洞洞的窗口
灰蒙蒙的街道
黑灰色基调的冷
蝼蚁众生自顾奔命的冷
很容易堆积阴影和雾霾
硬化钝化心灵的边际
幸亏有棵花草

第五章　心灵悸动

让我低下头

我看到两行字

一行写春天

一行写坚持

不容易

下辈子

可以做条蚯蚓

把头低下

土地就是家园

可以随意栖息

随意游走

不像现在

房价那么贵

地价那么贵

连墓价也那么贵

活着和不想活着

都不容易

真 相

繁华总是浓妆艳抹愈加郁郁葱葱

缺憾总是云遮雾绕柳絮含烟

有的必须虚张声势

有的只能冰山一角

历史总是充满了复杂和矛盾

我们总是面临挑战和机遇

听

许多文字正在爬上稿纸

它们浑身精湿

不知被砌到哪里

能够传诵的

应该都不是真相

归　宿

老是把自己当成一把刀

总有锋芒毕露的危险

把自己当成一朵花

总有香消玉殒的离散

就把自己当成一抔土吧

活着

可以滋养众生

死去

可以消解万物

干净不干净的都可以掩埋

最不及

还可以被踩在脚下

成就一条小路

蜿蜒

打　碎

一个人

知道自己的秘密

是面对镜子的时候

衰败始于发际

霜白

不是月光

不是雪色

而是恐慌

流年的印记

岁月的轻寒

即便间去杂草

也不能阻止时光变老

只好把镜子摔碎

眼不见心静

一个人

第五章　心灵悸动

知道自己的真实

是面对影子的时候

虚妄来自于光景

孤独

不是无助

不是凄美

而是绝望

灵魂的背面

身体的写照

即便是修行打坐

也不能除去污浊

只好站在阴影里

蛰伏于清梦里不愿醒来

喝二两

我说，我是贫瘠的土地

这隆冬的雪会不会落得大一些

会不会为我

空灵赋
KONGLING FU

抱几枝梅花含香

抛几许笑靥如霞

至少

我不能干涸

哪怕

二两轻风

一钱飘絮

也能酩酊

沉醉几宿

侧柏香

唯有侧柏

这永世之物

让我清醒

这世界病了

我也病了

我听信了传言

第五章　心灵悸动

深信此物百病可医

因为它的香

有高山空谷的清冽

烈火焚化的灵魄

我不知如何赞叹

我把它和白酒一起

深藏在胸口

让它在我的肌肤上留下汁渍

清凉如许

它让我觉得

祖先神灵的护佑

水灵灵的女子

擦肩而过都会侧目

因为我的身上

有千年古柏的香郁

静

我想起田埂、收割后的麦茬

田野中的静

地老鼠也觉得安详

我想起铁塔钢索

电流在其中默默穿行

谁能看见它安详的样子

我想起学堂里

考试时秒针的转动

笔尖在卷纸上飞驰

我想起医院的门口

心揪得紧紧

脚尖踮起的窥探

泪花欲滴的抽泣

我想起每一次相聚后的离别

寂然回首了无音讯

我想起乡村夜晚的孤独

一晚的雪,无声无息

我想起每一句誓言后的背弃

寒天彻地

我想起大海汹涌

而我思如枯井

第五章 心灵悸动

我偏爱不可掌控的万物

让树开花

让花瓣跌落尘埃

让尘埃穿梭于阳光缝隙

让阳光照进四野

让四野暮合为星际

让星星忽明忽暗

我们究竟能抓住些什么

万物在时间的秩序里散乱

在空间的轨道上游离

还有生和死的来去

仿佛只有爱上它们

像爱上自己的影子

动或不动

应随我意

被拥簇着

有人被拥簇着

当面承认着各自的价值

背后又诋毁着彼此

人们被大多数的力量牵引

驻足张望跟随

不知所为

落单后的背景那么微不足道

与世事格格不入

甚至沦为他人的笑谈

于是,太多的悲欢落寞

太多的自己感受

绯徊挣扎摇摆

最终被孤独和恐惧笼罩

很快,又不自觉地加快节奏

向大多数靠拢

人们大多是被拥簇着

裹胁着向你表达应有的尊重

或是表达自己的德泽

描述那些善良

在不能的情况下成为可能

他们在不同目的地掩盖下

各怀叵测

用语言

这把锋利的匕首

光鲜所有的卑鄙龌龊和无耻

根

让我们把目光穿越地面

掠过那些光鲜的嫩芽、花朵、果实

以及树的伟岸

掠过那些莺歌燕舞蜂鸣蝶绕的尘世

以及华阴如盖的清凉

一起感受根的勇气孤傲智慧和力量

黑暗里爬行，前途愈发黑暗

离蓝天越来越远信念越来越坚

生命的历程充满了艰辛和悲壮

那些尘世间的痛又算得了什么

在地狱中每走出一寸

都需要百折不挠的勇气

百炼成钢的骨气

绕过流沙、浮尘和碎砾

穿过石头的缝隙

抓住厚重的泥土

将魂魄交于大地

贫瘠催生生命的渴望

坎坷铸就嶙峋的脊梁

无私浇开艳丽的花朵

经络中饱含着浓浓的营养

血脉中始终涌动着昂扬向上的力量

风吹雨打，电闪雷鸣

我有坚如磐石的深根固柢

炎炎烈日，皑皑白雪

我有战天斗地的钢筋铁骨

虬曲以积蓄昂扬的能量

错结以点燃斑斓的花蕾

当人们以参天形容大树

是否顾及过它的根系会扎向哪里

立得住立得定立得牢

把泥土爱得深沉

尽管这是所有尘世生物的归宿

它们都是腐朽地死去

而我还是张扬地活着

大地会馈赠予我丰盛的回报

一个鲜活于黑暗的生命

连地狱都怯它三分

一个淡薄于名利的灵魂

连太阳也敬它三分

扫洒人

在城市的街头巷尾

诗意地游走

我是三月春行的先知

空灵赋
KONGLING
FU

五月花繁的赏识人

我还是仲秋葬花的失魂者

更是霜雪的抚灵送终人

了然对月花魂

见证叶落归根

领略寂然欢喜

我知道春的消息

花的节律

叶的痛

雪怅惘的心事

我是黎明的守望者

是夜晚的孤独人

我看到过最美的朝曦

太阳东升的浩然

最大的圆月

装载一世的清愁

有最疾的流星

辽寞的银河

第五章　心灵悸动

我是繁华落尽的遮帘人

是荡污去垢的隐者

感受过人生最辛酸的书写

生活最无助的挣扎

我理解万物的阴阳

世界的正反

光鲜掩盖下的肮脏

这个世界还很浮躁

我来，清扫浮尘

还世界以清静

我来，涤清万路

还尘世以安宁

或遵医嘱

把自己交给冰冷的机器

把胸口紧贴砧板

心脏咚咚地跳

听到的只有自己的惊惧

任何整容掩饰面具假装等等都没有意义

因为你的心黑或红

肺清或浊甚至

五脏六腑的衔接

情欲的源头

卑劣念头的泉眼

力量的作坊

灵魂的寄居地

都被人一览无余

他们深知你的恶和罪

却不说破

只让你戒掉贪

色、食、烟、酒、辛

所有人世间的愉悦

仿佛你都应该抛弃

他是

度你肉身的另一尊真佛

可是平凡的人实际上都没有慧根

他们忍得了一天一时

忍不了一生一世

他们对别人都满口道义

对自己可以一错再错

所以至今

也没人真正得到超度

这个日子

有人已经走了很久

他亲过我抱过我有时还把我高高举过头顶

心中的伤未平泪未干

现在又有人躺在了医院

已近弥留

他亲过抱过我的女儿和她的母亲

把她们都曾高高举过头顶

如今却举不起自己沉沉的眼皮

他们都有

粗糙的老茧

坎坷的经历

都有慈祥的笑容和善良的心

都有对家人们深沉厚重的爱

一辈子没享过福

一辈子没叫过苦

一辈子忙忙碌碌

累

躺下了

就再也起不了身

清明这个日子

兄弟们打来电话

问我什么时候赶到好给父亲扫墓

我沉默不语

好想跪在这浩荡的春风里

喊出我的思念

我的不舍

梨花带雨的悲恸

第五章　心灵悸动

接　龙

所有的幸福

都建立在身体康健之上

所有的闪亮

都不如精神明亮

所有的风花雪月

都有情的铺垫

所有的圆润

都是阅人无数后的通透

所有的爱恨情仇

都抵不过时间的消磨

所有的干戈烽烟

都是侵略的代名词

所有的将相王侯

都是政治的衍生品

所有的名

都是束缚人的枷锁

所有的利

都是嗜血贪婪的结果

所有的美好

都是胸怀万物的善

所有的恶

都是自私个体发散的余音

所有的好运

都是品行堆积的结果

所有的门槛

都是能力不及无法跨越的悲哀

所有的烦恼

都是庸人自扰

所有的相遇

都是久别重逢

所有的离开都是上天安排

所有的成功

都伴着不为人知的汗水和泪水

所有的爱

都有沉甸甸的付出

所有的恨

都能找到正当理由

第五章　心灵悸动

罩不住

有些东西

是口罩罩不住的

比如昏暗的欲望

人性的贪婪

蟒蛇说我有毒

有人拔去它的牙齿

河豚说我有毒

有人挖去它的眼睛和内脏

因为有人无知无畏

让我们有幸见识了非典

埃博拉

HiV

甲流

认识了果子狸

菊头蝠

穿山甲

虫毒菌狷

它们除了善于原野上奔跑和洞穴里藏匿

也学会

藏毒贩毒

利刃贴身藏

而今

所有的物种皆已沦陷

集体沉默

因为趋之若鹜的人

没有不敢的品尝

登徒子们

总是生生撕开自然血淋淋的口子

让生灵涂炭填补欲望的鸿沟

无辜百姓遭受无边的劫难和哀伤

庚子年的清晨

一只会飞的老鼠

将万千勒索明码标价

传单派发到千家万户

第五章 心灵悸动

人若犯我

我必犯人类

多么狂妄

谁也不知道

这笔债什么时候能够清偿

它所做的

使让所有人的恐惧

成长为敬畏

让所有人的敬畏

生化为和平的力量

征服铸就不了长期的文明

自然万物需要相互尊重互为依存

当杀戮和猎奇消亡

野生的种族

也会消减其身中藏负的武器

与人们一起

在阳光下翩翩起舞

我们只有一个地球

她承载着万物的兴衰荣辱

只有良善的共处

慈悲的普度

生态命运共同体构筑才会迸发希望